我可能错了

森林智者的最后一堂人生课

Jag kan ha fel och andra visdomar från mitt liv som buddhistmunk

〔瑞典〕比约恩·纳提科·林德布劳（Björn Natthiko Lindeblad）
〔瑞典〕卡罗琳·班克勒（Caroline Bankler）
〔瑞典〕纳维德·莫迪里（Navid Modiri）——著

靳婷婷——译

北京科学技术出版社

JAG KAN HA FEL OCH ANDRA VISDOMAR FRÅN MITT LIV SOM
BUDDHISTMUNK (Eng. title: I MAY BE WRONG)

Copyright © Björn Natthiko Lindeblad, Caroline Bankler & Navid Modiri 2020

Published by agreement with Salomonsson Agency, through The Grayhawk
Agency Ltd.

Simplified Chinese edition copyright © 2024 Beijing Science and Technology
Publishing Co.,Ltd.

著作权合同登记号　图字：01-2024-2624

图书在版编目（CIP）数据

我可能错了／（瑞典）比约恩·纳提科·林德布劳，
（瑞典）卡罗琳·班克勒，（瑞典）纳维德·莫迪里著；
靳婷婷译. -- 北京：北京科学技术出版社，2024. 9.
（2025.3 重印）. -- ISBN 978-7-5714-3996-5

Ⅰ . I532.55

中国国家版本馆 CIP 数据核字第 20247KD008 号

策划编辑：周　浪
责任编辑：田　恬
责任校对：贾　荣
图文制作：沐雨轩文化传媒
责任印制：李　茗
出 版 人：曾庆宇
出版发行：北京科学技术出版社
社　　址：北京西直门南大街 16 号
邮政编码：100035
电　　话：0086-10-66135495（总编室）　0086-10-66113227（发行部）
网　　址：www.bkydw.cn
印　　刷：北京顶佳世纪印刷有限公司
开　　本：889 mm×1194 mm　1/32
字　　数：179 千字
印　　张：9.125
版　　次：2024 年 9 月第 1 版
印　　次：2025 年 3 月第 7 次印刷
ISBN 978-7-5714-3996-5

定　　价：59.00 元

一本诚实的心灵记录史

一个炎热的下午，刚刚结束了数周连轴转的繁忙事务，我终于得空坐下来读这本瑞典作家比约恩的人生自述。乍读下来，这似乎不过是一个西方年轻人在遥远的东方获得心灵慰藉的俗套故事，从而激发起读者寻求"生活在别处"的文艺想象。但随着阅读的展开，我发觉这是一本非常诚实的心灵记录史。作者虽然在泰国和英国出家修行十余年，但他并没有将这段修行的经历涂抹成异国文化情趣的卖点，反而是不断地把常人觉得不堪的个人经历暴露出来，从而让我们看到一个为了追求心灵安顿的人，到底经历过哪些赤裸裸的人生考验。

刚开始读这本书的时候，我的头脑里首先想起的是另一本关于西方人修行的畅销书，丹津·巴默的《雪洞：喜马拉雅山上的悟道历程》，讲述的是一位英国女性是如何在喜马拉雅山独自修行十二年的经历。如果说丹津·巴默主要是讲述一位女性修行者如何成为僧侣典范的故事，那么比约恩的自述则可能更像是在表现一位具备东方修行背景的西方人，会在东西方社会的切换中遭遇到哪些生活上与认知上的挑战。比如比约恩谈到他在泰国出家时，因为森林派僧侣的形象，使得他可以很安然地接受各种供养乃至尊敬；而当他到了英国后，则不得不面对各种质疑，乃至辱骂，认为这位有着东方僧侣形象的瑞典人，不过是社会寄生虫而已，毫无价值。

尽管佛教在20世纪借助南传佛教、藏传佛教乃至日本禅宗的传播，吸引了大量的西方人来学习和体验，但不得不承认的一点则是，佛教在西方世界，仍然不得不一次次地反复自证：佛教的修行对个人和社会的心灵是有益的。

其实这种自证的需求，长期以来在中国也同样存在。因为各种历史原因，今天的寺庙越来越演化为单纯祈福祭祀性的空间，而少有针对心灵安顿方面的直接指导，这使得新世代的中国人，就算是进入寺庙祈福消灾，但其实也并不理解佛教修行的真实意义，佛教可能更多只扮演安慰剂的角色。

比约恩对修行经历的描述真实而精确，因为他准确把握了南传佛教的修行核心，也就是不断地觉察世间的无常，尝试着接受一切都无法依靠的世间真相，从而放弃那种根深蒂固的想要掌控一切的冲动。就如同他描述自己刚出家时，他是如何通过修行，来让自己"变得圆润光滑，会反射光芒，熠熠闪光"。

可是，修行绝非我们一般人所想象的那样，仿佛只要坐在那里久久地冥想，一切烦恼就会烟消云散，这当然不是说修行无用，而是现实的生活要远比坐在那里面对自己复杂得多。我们固然可以通过冥想来看到自己的思维盲点，但是真正要确认所看到的真相，还需要在真实的人生中反复磨砺，才能化为真正属于自己的智慧。

正如当比约恩选择还俗回到瑞典的家乡后，他因为脱离熟悉的道场环境和出家生活，反而陷入了抑郁。在经过十八个月的低迷后，他开始尝试着分享在泰国学习到的冥想技巧，这反而让他迅速走出人生的低谷。正是通过帮助他人，让他感受到利益众生的意义和价值，而不是像过去那样，似乎只是在单纯地享受社会的关心。因为那样做反而容易落入一种思维的陷阱：似乎所获得的一切衣食住行都是理所当然，这其实并不符合佛教的观念，因为出家僧侣能够专心修行的前提其实在于他们心中永远有一颗利益众生的心，而从来没有所谓遗世独立的解脱。

比约恩的真实还在于他在面对"爱情"和"死亡"这两

个议题时的坦诚。很多人会很想当然地认为，佛教的修行就是屏蔽一切关系，包括亲情和爱情。如果按照这样的认知，佛教的修行势必只能变成一种结局：孤身一人，生活在野外的山洞里，不与人世相往来。相反，佛教会认为，关系本身并非重要的问题，重点在于你是如何认知这种关系，最终让这种关系不再变成束缚彼此的连接，甚至能够以智慧和慈悲去利益他人。

所以比约恩在描述他和太太伊丽莎白的相处中，他是这样理解彼此之间的关系："像所有的恋人一样，我们也难免磕磕碰碰，总在无意间触到对方的伤口。然而，我们恰恰需要解开那些破损而刺痛的创口，使之沐浴在充满爱与觉知的光芒之中。"尽管我们多少会对这种关系中所存在的欲望执着心存疑惑，但是不可否定的是，其实人类的觉醒往往就是在烦恼杂染中慢慢发生的，也就是说，佛陀的觉悟是在人间苦海中完成，而不是在所谓的净土中。

比约恩的人生走向，并非像很多人期待的那样，走向平和安详的结局，而是猝不及防地患上了渐冻症。比约恩同样真实地表现出了他内心的不安，充满了对人生的不舍。但是在病情恶化的过程中，他似乎又回到了当年出家的起点，不断地回忆起当年在泰国所受的教导，从自己的内心去寻找答案。就如同他讲述的那个故事一样，当一位英国记者询问泰国国王怎么看基督教的原罪问题时，泰国国王回答道："作为佛教徒，我们不相信原罪，而是相信心性本净。"

比约恩的修行历程，虽然充满了很多有趣和充满勇气的人生片段，但远算不上传奇，但当他辞掉跨国公司首席财务官的工作，远赴泰国准备出家时，他的生命其实已经展现出无限的光彩。拥有勇气去对抗习以为常的主流价值观，是认识自己最为艰难的一步。在这一点上，我在他的身上，仿佛看到了昔日悉达多太子的影子。

成庆

2024年6月17日于上海

我可能错了，是深具洞察力与慈悲的智慧

阅读一本书，就好比展开一趟旅程。你跨入未知的世界里，任由自己被新的经验和印象包围。《我可能错了》的主轴是一个人踏上心灵旅程，亲历自己内心从未被探索过的景致。它讲述了作者比约恩成为僧人，一路朝追寻更高的自由、宁静与爱前进的故事。

但正如所有好的故事一样，它也会反映出一些普世共通的事。这趟旅程既没有终点，也没有任何崇高伟大的结论——它只是描述了一个人心灵觉醒的过程，因而意识到内在的自由、意义和喜悦，并让这些尽可能地在日常生活中落实和成真。

智慧并非来自学习所得来的片段信息，而是我们通过实际生活经验掌握的事物。当我们以一种有意识、明朗又澄澈的方式迎接生活时，真实的智慧就会显现。某些失败与挫折能开启我们的双眼，带来意想不到的体悟，让我们的内心

充满爱与谦逊。通常，智慧就来自这样的失败与逆境中。智慧并没有高高地飘动在云端；相反，它就隐藏在尘世的日常经验中。**"我可能错了"**不仅仅是一个绝妙的书名，更是一种深具洞察力和慈悲的智慧。而且，这种智慧能改变你的一辈子。

以**"我可能错了"**的心态过生活，是开阔心智和心胸的一项先决条件。这是一种智慧，能为你打开通往更宏深洞察力的大门。也许，它甚至能将你引向佛陀当年开悟时所达到的明心见性的深度。它是一条通往爱、亲近与理解的路。针对众人所面临的那些重大挑战，它也能将我们引向解决方案。这虽是一把不起眼的钥匙，却能开启重重大门。比约恩与我们分享他身为僧人的一路所学，而这还只是他在本书中带给我们的**其中一颗智慧明珠**而已。

要在我称为"心灵之路"的旅途上行进，需要无比的渴望、勇气、直率与真诚。两千五百多年前，佛陀就已经标示出了这条路径。我们常会觉得，这就像在黑暗中跌跌撞撞地摸索，找寻那能够指引方向的点点微光。其中有些微光，神秘地源自我们的内心——往往是在你最意想不到，甚至不觉得自己值得受到它们的指引时出现。有些微光则来自外在，它们的形式有生活经验、乐于提供帮助的指导者与老师，或是我们接触到神秘智慧的时刻——这些神秘智慧似乎以最令人出乎意料的方式，伸出慈悲的手。

其实，我们的内心深处都有一股强烈的渴望，想过更自由、有归属感和真实的生活。但要回应这股渴望，绝非易事，因此许多人竭尽全力忽视它。因为种种原因，我们现代人的意识时常难以"翻译"心灵对自己所说的话。因此，有些人一头扎进古老的智慧传统中，试图重新连结内心的光明，唤醒每个人内心最深处的恒常真理。我愿称这些人为**心灵探险家**，其中几位逐渐成为连结心灵与精神领域先驱和现代追寻者之间的桥梁。我深信，真诚且极度贴近人性的比约恩，就是一座这样的桥梁。而且，《我可能错了》也正是一本搭建桥梁的书。

本书让我由衷赞赏的，是它毫不矫饰的诚挚，以及随之流泻出的真情实感。它深富洞察力，并展露出超凡的灵性智慧。然而，它也始终很务实，能与我们的日常生活连结。

我觉得书籍有时会带着一种特殊的宁静，我们可以在字里行间以一种近乎感性的方式感受到这种宁静。当敞开心胸，真正毫不保留地与作者的心绪进行交流时，这种宁静就会在我们的内心被唤醒。在我一口气读完《我可能错了》整本书，领会到比约恩那夹杂着智慧与生动叙事的文笔之际，内心正是感受到这股宁静。

不过，我建议你，花一点时间仔细且从容地品味这本书。请将它想象成一杯甘醇可口的好茶，或一个温暖恬静的夏日，好好地享受它。而且，请留意它能让你唤醒的心境——也就是平静与沉淀，这在我们无穷尽竞逐的世界中很容易被忽略。

这本书默默传达的信息，并不是你应该成为什么样的人，更不是你只要遵循"通往成功的五大步骤"就能获得功成名就。相反地，它试图提醒，除了你的性格、你对自己身份的认知，以及你自认应该要成为什么样的人之外，你的本质究竟是什么。

《我可能错了》指向的是你内在那个沉定的存在——也就是那个潜伏在大脑投射出的种种念头与想象后方的"你"。它是一则提醒——以一种慈爱又深富人性的方式提醒你，是谁、是什么正透过你的双眼看这个世界，以及你如何从这样的视角过生活。

愿世间万物，都能迎来开花结果之时。

阿迪亚香提

回归直心，找到属于自己的节奏

一个五月的下午，西班牙的阳光夹杂着海风，暖暖晒进一扇敞开的窗户。一位金发碧眼的年轻男子躺在大红色的宜家沙发上，却无心享受窗外明媚惬意的海景，而是在自己阴暗的思想旋涡中越陷越深。他并不知道，余生的命运，将在接下来的十几分钟内天翻地覆。

这位男子的名字叫比约恩，时年二十六岁的他即将成为瑞典燃气公司最年轻的首席财务官。但年纪轻轻便功成名就，并没有给他带来快乐。他焦虑、无助，对下周即将到来的工作提不起一丝兴趣。

也许是命运的安排，此时的他刚刚第三次读完《禅与摩托车维修艺术》，对禅修这种古老的东方哲学虽然一知半解，但他却产生了极大的兴趣。渴望内心安宁的他，抱着病急乱投医的心态尝试了第一次冥想。

谁知，一开始让人如坐针毡的冥想却一发不可收拾，几天之后，比约恩便递交了辞呈，毅然放弃了如日中天的事业。

就这样，比约恩还清了学生贷款，放弃了一切个人财产，远赴泰国，在国际丛林道场剃度出家，成为一名森林派僧侣。

二十年后的一天，在瑞士坎德施泰格的道场中，身披袈裟的比约恩点上熏香和蜡烛，静下心来进行二十年如一日的每日冥想。

此时的他，已经习惯了这种清贫寡欲的生活，秉持四无量心和五戒、身无分文、没有亲人和爱侣相伴、每日托钵行禅。他认定，自己应是一个心无别恋、穿着袈裟死去的僧侣。

谁料在这次冥想期间，他的内心却毫无征兆地升起了一个声音：是时候放弃僧侣的身份，重新回到尘世中去了。

每个人的人生，都会充满出乎意料的不确定性。想要一辈子囿于舒适圈，只能是痴人说梦。作为人类的我们天性依赖于确定性，固执己见地紧握着自己的所知不放。然而生命的无常，才是唯一的常量。我们能做的，只有打磨心性，用最纯粹的自己迎接突如其来的变化。

就这样，经过六个月的深思熟虑，比约恩告别十几年的道场和出家生活，又一次打破已然根深蒂固的身份，重新回到熟悉而又陌生的俗世，开启了人生的下一篇章。

以上，是比约恩一生中两个关键的转折点。纵览这份人生简历，"另辟蹊径""不务正业"等词或许会浮现在诸位读者的脑中，然而，就是这样一段特立独行的人生，却引发了全球万千读者的共鸣。

坦然接受生命中无法控制的事情，面对外界的忙碌保持内心的从容和镇定，对自己和他人不要妄加评判……相信每个人都能从这本小书中采撷到对当下的自己最大的启发。但"弱水三千，只取一瓢"，作为本书的译者，在这里，我只想浅谈一点自己的感悟。

《维摩诘经》说，"直心是道场"，一颗素朴纯洁的直心，便可将我们所处的当下化为修行的净土。

纵观比约恩人生中两次最为重大的转折，都发生在冥想之中。是深沉的冥想，让他剥去外界的杂音，与直心对话，让当下的使命自然而然地浮现在眼前。比约恩六十年的人生并不算长，其间也与我们每个人一样经历过高山低谷、磕磕绊绊，但我仍觉得他是幸运的，因为他触到了自己的直心，仅凭这一点，便是作为现代人的我们求之不得的恩典。

在当今社会，我们的身上背负了太多的期许，所在的大小环境，都有可能给我们强加一种"到了某个年龄就必须完成某件事"的节奏。

因此，我们便开始向外环顾，看着身边人一个个结婚生子、升职加薪、买房买车，我们顿时乱了阵脚，无暇顾及心中发出的呼唤，不去审视自己此生真正想要实现的天命，而只顾手忙脚乱，甚至麻木不仁地随着大流前进，成了为别人而活的机器。我们生活在熬夜加班、刷视频抢团购的死循环里，但与此同时，我们却在潜意识中苦等着一个契机，仿佛混沌的我们会在未来的某天奇迹般地获得天降神谕，进入一片真正属于自己的净土。

殊不知，这片净土就是我们当下的直心。一切的等待，都只是自欺欺人的拖延。

孔子曾用"一箪食，一瓢饮"，称赞弟子颜回虽然生活清苦，却依旧乐在其中。对于不同的人来说，美好的生活，不一定在于物质的丰富，而在于找到属于自己的节奏和自由。

与其在周遭世界和社交网络的杂音中向外探索所谓美好的生活，不如像比约恩一样深吸一口气，问问镜前的自己：真正**属于我**的人生，是什么样的？

宗萨钦哲仁波切曾在一次与译者和佛典汉文专家的座谈

中说到，翻译也是一种修行。这本书并非一本宗教书籍，翻译的难度虽不比佛经，但我一心希望为读者打造畅通无阻的阅读体验，以期给各位在社会中蒙尘的心灵带来些许疗愈，所以如履薄冰，不敢怠慢。

对我而言，翻译这本书的过程本身也堪称一次修行，而我的心灵，也在这次修行中得到了疗愈和慰藉。

我对自己的性格有些自知之明，我曾经希望能达到佛教中所说的"圆融无碍"的境界，既能够淡泊名利、宁静致远，又能扎入尘世喧嚣、大隐而隐于市。但我后来发现，我距离这种境界，是颇有些差距的。

《中庸》说"诚者，天之道也"，诚实地接受属于自己的节奏，也是人生修行中的一环。赚快钱和追流行对我没有什么吸引力，有一杯咖啡和一本好书，怀揣着译出的文字能够为某位读者带来启发或抚慰的愿望，这就是作为译者的我在**这一刻**存在的意义。

然而，疑虑和动摇也会偶尔侵蚀我的心灵。经历了疫情的生死洗礼，我本以为会有更多人愿意沉下心来，研读一些真正有重量和意义的作品。然而我却事与愿违地发现，身边的朋友正在一个个丧失静心阅读的能力，我甚至开始默数起每天能在公共场合遇到几个手拿书本的行人，却几乎次次都淹没在频刷手机的人流之中。我不免怀疑，费尽心血打磨出来的作品，到底能够触动几个人的心灵……

在这个物欲和务实横行的时代，能够在命运的安排下遇到这样一本书，邂逅一位愿意抛开财富和名声、打磨看不见而摸不着的心性的作者，对我来说，也着实像打了一剂定心针。

花费一些值得珍惜的岁月，莫问前程，不徐不疾地打磨一些美好的东西，这，就是我的节奏。对于各位来说，这个打磨的对象，可以现实，也可以虚无，但只要是你的直心所指，就是最好的安排。最后，希望各位读者在阅读这本书的过程中沉下心来，坚定属于自己的节奏，度过不有违于直心的、属于自己的人生。

靳婷婷

2024年1月19日于非洲

我的超能力

在我结束出家生活回到瑞典之后，一家报纸对我进行了采访。他们想深入挖掘这种有些不同寻常的人生选择。为什么一位事业有成的经济学家会放弃自己拥有的一切，剃光头发，跑到丛林里和一群陌生人住在一起？谈话进行了一会儿，采访者抛出了最重磅的问题：

"在作为森林派佛教僧侣的十七年中，你学到的最重要的东西是什么？"

这个问题让我忐忑不安起来。我必须给出回应，但对于这个问题，我不想草率作答。

看起来，坐在我对面的这位记者，完全不是一个对精神生活感兴趣的人。得知我为出家而放弃一切时，他一定深感震惊。毕竟，出家的生活中没有金钱，没有性爱，没有自慰，没有电视或小说，没有酒精，没有家庭，没有假期，没有现代化的便利设施，连何时进食或吃什么都无法选择。

我就如此过了十七年。

全然出自本心。

那么，我从中获得了什么呢？

对我来说，诚实非常重要。我希望我的回答对自己来说是百分之百真实的。所以，我向内观照，不久，答案便从内心某个静谧之处浮现而出：

在这十七年夜以继日的精神训练中，我最珍惜的收获在于，我学会了不再盲目相信自己的每一个念头。

这，就是我的超能力。

神奇的是：每个人都可以拥有这种超能力。是的，也包括你。如果你已经忘却了这种超能力，我希望在重新寻回它的路上帮你指点方向。

这些年来，我为了获得精神和个人的成长而不断努力，能拥有如此丰富的机会，将从中学到的感悟与大家分享，我感到莫大的荣幸。我一向认为，这些机会有着深远的意义。我学到了不少对自己有帮助的事，它们让我受益匪浅，使我的生活变得更加轻松自在，也让我更加活出了自己。如果我有幸如愿，大家也能在这本书中寻得对自己有益的内容。不夸张地说，其中的一些见解对我起到了至关重要的作用。尤其是在过去的两年中，当我比预期更早地进入了死亡的等候室。也许，这是此生的终结。抑或，这也是新生的开始。

目录

觉 知

那年，我八岁。像往常一样，我是家里第一个醒来的。祖父母的房子位于瑞典东南部卡尔斯克鲁纳附近的一座小岛上，我在屋里踱来踱去，等待着弟弟尼尔斯醒来。我在厨房的窗前站定，刹那之间，内心的喧嚣平静了下来。

一切都归于宁谧。窗台上的那台镀铬烤面包机是那么美丽，让我不禁屏住了呼吸。时间静止，一切都仿佛在闪烁着微光。几朵云彩从淡淡的晨曦中露出微笑，窗外的桦树摇曳着亮闪闪的叶片。目之所及，处处都是美好。

当时的我或许无法把那段经历用语言表述出来，但现在，我想试一试。这种感觉，就像整个世界都在喃喃低语着"欢迎回家。"在这个星球上，这是我第一次感觉到自由自在，无所挂碍。我就这么安居于此时此地，脑中没有任何思绪。然后，泪水涌了上来，我感到胸口一阵温暖。现在的我，将这股暖流称为"感恩"。接踵而至的是一种希冀，愿这种感觉能够永存，或者至少能长存。当然，我未能遂愿。但是，这个早晨永远刻在了我的脑海之中。

"正念"在英文中对应的词是"mindfulness"，而我从不觉得这个英文词完全贴切。真正处于当下的时候，我的"思想"（mind）并没有"盈满"（full）的感觉。相反，我的思想更像是一片宽敞空旷、充满温暖之地，有足够的空间容纳所有人和所有事。**有意的临在**听起来是一种要下苦功的状态，与轻松背道而驰。出于这个原因，我更喜欢选择另一个词语来表达正念：**觉知（varsevarande）**。

我们开启觉知，保持觉知，融于觉知。那个清晨，在卡尔斯克鲁纳家中的烤面包机旁，绽放的那种美好就是**觉知**。这感觉，就仿佛是倚靠在软绵绵的东西上一样。思想、感觉、体感，一切都有余裕，**顺其自然**。觉知仿佛让我们的心胸更开阔了，让我们注意到自己内在和周遭之前没有意识到的东西。这是一种亲密的感觉，仿佛一位永远伴你左右的看不见的朋友。

不用说，安住当下的程度会影响到你与他人的关系。

我们都体验过与一个心不在焉的人一起共处的感觉，那是一种恼人的感觉，仿佛有什么东西缺失了一般。每当在小孩面前，这一点便会暴露无遗。小孩子对我们理性分析的能力不以为然，却对我们是否身处当下异常敏锐。他们能分辨出我们何时在装模作样，何时在三心二意。动物也有这种能力。然而，当我们全身心投入当下的时候，当我们不被脑海中闪过的每一个小小念头所催眠的时候，人们就会更加享受与我们共处，也会给予我们信任和关注。就这样，我们与周围世界建立联系的方式也变得截然不同。当然，这道理大家早就知道，听起来可能有点老生常谈。但是，很多人一不小心就会忘得一干二净。我们很容易沉迷于炫耀聪明，想要给人留下深刻的印象，却忘记了只有从心出发，才能打动对方的心。

不幸福的成功

　　我以优异的成绩从高中毕业，有很多大学供我挑选，然而，我对自己的未来并没有明确的计划。对上大学这件事我看得很淡，因此，当时我随意地申请了几所学校。那年八月，斯德哥尔摩经济学院正在举行入学考试，而我碰巧也在那里。金融，经济，大公司：这也是我父亲选择的道路。所以，我参加了考试。那场考试难度很大，持续了整整一天。结果我考得很好，几个月后，我便收到了学校的录取通知书。当时的我没有什么目标，但觉得入学也没什么损失。经济学在任何环境下都很有用，可以打开许多机会的大门。至少，别人是这么告诉我的。然而，我决定去斯德哥尔摩经济学院就读的真正原因，或许只是想让父亲为我骄傲。

1985年春天，我从大学毕业，那年我二十三岁。瑞典的人才市场形势一片大好，我们还没毕业，就有不少雇主直接抛出了橄榄枝。五月一个阳光余韵的傍晚，我和一位年长的投资银行家一起，坐在斯德哥尔摩市中心海滨大街的一家高档餐厅，边吃晚餐边接受潜在工作的面试。我一边吃饭，一边使出浑身解数展示自己的聪明才智，对我来说，这向来是种挑战。晚餐面试结束后，我们握手道别，那位银行家说：

　　"听着，我觉得你十有八九会被邀请到伦敦总部参加后续的面试。但在此之前，我能给你一个小小的建议吗？"

　　"请说。"

　　"当你到了伦敦接受我同事的下一轮面试时，请尽量表现得对这份工作更感兴趣些。"

　　我当然明白他的意思，但被他点破，还是让我吃了一惊。那时候的我和很多同龄人一样，还是一个正在摸索成年生活方向的年轻人。这通常意味着，我们不得不对现状妥协。有的时候，我们还得学会点逢场作戏的技巧，比如在不那么感兴趣的时候佯装热情。在那天晚上，我的演技没有让对方信服。但是，车到山前必有路，还有其他的工作机会在等着我。很快，我的职业生涯便平步青云起来。

几年过后，一个五月的周日下午，我躺在一张从瑞典运来的红色宜家沙发上，温暖的海风从敞开的窗户吹进来。当时的我就职于一家大型跨国公司，被调到西班牙办事处。我有一辆公司配备的高档汽车，一位秘书，出行坐飞机商务舱，在海边有一幢漂亮的房子。再过两个月，我就要成为瑞典燃气公司有史以来最年轻的首席财务官。我还登上了公司内部杂志的特别人物专访，从表面来看，我绝对已经算是成功人士。当时的我只有二十六岁，在外人眼中，我的生活堪称完美。但我认为，几乎所有表面上风光无限的人最终都会意识到，成功并不一定能带来幸福。

成功和幸福，是截然不同的两码事。

在其他人看来，我一定是个处世精明、善于谋划的人，拥有象征着物质和事业成功的一切。我刚从大学毕业，就在六个国家顺利完成了三年紧张而繁忙的工作。然而，这一切我完全是靠意志力和自律做到的。我仍然是在扮演一个角色，仍旧是在假装对经济学充满热情。但是，逢场作戏只是权宜之计。我们都知道，光靠自律，总有支撑不下去的一天。作为我们几乎天天都要面对的事情，一份工作必须滋养和刺激我们心灵深处的某个部分。然而，成功很少能够带来这种滋养。相反，与和你一起共事的人建立联系，感觉到工作的意义，体会到自己的才能在某个领域的贡献，这些，才是滋养的源泉。

而我呢？穿上西装，提起锃亮的方形公文包去上班时，我感觉自己有点像在玩过家家。早晨，我会在镜子前系好领带，对自己竖起大拇指，对镜中的自己喊话："表演时间到，大家拭目以待吧！"但我内心深处的真实感受却是：**"我感觉不太好。我不喜欢上班。一想到工作，我就心生焦虑。在我的脑海深处，有一大堆疑惑无时无刻不在盘旋打转，比如：'我的准备工作做足了吗？我够好吗？他们什么时候会把我看穿？什么时候会意识到我只是假装对经济学感兴趣？'"**

对于那一刻躺在红色沙发上的我来说，这些疑虑似乎比平时更加迫切地需要得到解答。我思考着斯德哥尔摩经济学院的课本教给我的东西：一位经济学家为大公司工作的主要动机是什么？答案是，将股东的财富最大化。**"那么，这对我意味着什么？这些股东们是谁？我可曾与哪位股东打过照面？即使打过照面，我为什么要热心于将他们的财富最大化呢？"**

我的脑子嗡嗡作响，关于下周工作和待办清单的思绪此起彼伏，其中不乏我不得不完成、却提不起干劲去处理的事项。在管理层会议上，大家会指望我就是否应该扩建马德里郊区的碳酸化工厂发表意见。另外，我还得向瑞典总部提交一份季报。换句话说，每周日晚上如约而至的焦虑感，正让我的胸口随之紧缩。我想，这种感觉，估计人人都有所体会。在这种精神状态下，你的每一个念头都仿佛要经过一个黑暗的过滤器。任何思绪，都能引出担心、焦虑、沮丧和无助。记得当时的我好像在想：**"我该如何帮帮自己？这样干躺着，在阴暗思绪的旋涡里越陷越深，对我没有半点好处。"**

突然，我想起了最近读的一本书。准确来说，那已经是我第三次阅读了这本书。我觉得这本书非常深奥，即使从头到尾读了三遍，我估计自己也只理解了30%到40%的内容。这本书的名字叫作《禅与摩托车维修艺术》*。

这本书其实跟禅宗没有太大关系，也没有怎么涉及摩托车的维修艺术。但是，书中确实包含了很多洞见。我从中汲取到的一个观点是：人类内心中的平和、沉静和安宁，那种不会被总在背景中喧嚣的思绪所扰乱的东西，是难能可贵的，是值得珍视的，是能够带来回报的。

---

* 罗伯特·M.波西格（Robert M. Pirsig）著。——译者注（本书若无特别说明，均为译者注）

过了一会儿，一种醍醐灌顶的感觉涌上心头。

"好吧，没错，现在我脑中所有的念头都让我心烦意乱。想要阻止这些念头产生，似乎不可能。把念头从消极转换成积极，又像在自欺欺人。拜托，难道我应该躺在这里，假装自己很期待那场管理层会议吗？！这么做也太治标不治本了。如果想要找回平静，不再被自己的念头催眠，我能做些什么呢？"

这本书强调了寻回每个人内心平静的重要性。但我该怎么做呢？从现实的角度来看，我该如何向内寻找内心的安宁呢？我虽然没有立马找出具体的做法，却被这个理念深深吸引。

我听说，想要回归宁静，有一种方法是通过冥想。但对于冥想的真正内涵，我知之甚少。冥想似乎与呼吸有着紧密的关联，因为，冥想的人好像非常专注于自己的呼吸。这应该没那么困难，对吧？在我的记忆中，自从出生的那一刻起，我就一直在呼吸。当然，我也意识到，冥想的人似乎会全身心地投入于自己的呼吸，会用心观察自己的呼吸，而我却没有这样做过。不过，我总归可以试试看。毕竟，这值得一试。

就这样，毫无经验的我便开始留心跟随自己的呼吸。**"吸气从这儿开始，在这儿结束；呼气从这儿开始，在这儿结束；在此稍作暂停。"**

我无意宣称冥想轻而易举，也不想鼓吹我自然而然就能上手。想要保持专注并防止自己的思绪游离，堪称一场持续的鏖战。但是，我还是坚持了十到十五分钟的时间。在此期间，我的思绪不断地四处狂奔，一会儿斟酌**"我该在管理层会议上怎么发言？"**，一会儿盘算**"今天晚餐还要做西班牙冻汤吗？"**，一会儿又思索**"我下次什么时候回瑞典？"**或是**"我的女朋友为什么要跟我分手？"**，而我则不得不耐着性子，一次次将思绪引回到呼吸上。

最终，我的思绪还是平缓了下来。这并不是那种非凡、神圣或是神秘的感觉，而是仿佛在一周或一个月中某个较为平静的时段，万事万物都会自然而然地慢下来的感觉。即便如此，这已足以让我与思绪的洪流之间隔开一定必要的距离，而不是深陷潮水，疯狂地想要找寻喘息的机会。就这样，我胸口的重压减轻了一点，焦虑思绪之间的间隔稍微长了一些，单纯存在于当下的感觉也变得更容易触及了一些。在这种相对的平静中，在我内心的一片宁谧之地，一个平静的念头悄然浮现。称之为"念头"可能并不准确，因为这更像是一股冲动。这是我内心的某种东西，不知从哪里冒出，既不是一连串思想的最后一环，也不是理性推出的结果，而是突然凭空出现。就这样，它展现在我的面前，清晰可见，完整无缺：

"是该往前走的时候了。"

大约过了五秒的时间，我便下定了决心。仅仅是允许自己考虑辞职和抛下一切，已经让我的精神为之一振。这个想法既充斥着危险，也盈满了活力。我的体内满是蠢蠢欲动的能量，如一波波浪潮一般涌过身体。我不得不站起身来随性起舞，把这股能量挥发出去。（我想，我的舞姿估计和懒熊巴鲁*有点异曲同工吧。）我感到无比强大，浑身是劲。独立做出决定，而不必谨小慎微地担心别人会怎么想，对我来说，这可能还是头一次。

几天之后，我便递交了辞呈。

---

* 迪士尼动画片《森林王子》中的角色。——译者注

多呼吸，少思考

二十六岁时，陷入绝境的我在西班牙尝试进行了十五分钟的冥想，而这次尝试所带来的意义，远远超出了我当时的一切想象。那一刻的我只是在寻找一种方法，来应对当前欠佳的身心状况，然而，这次尝试却让我意犹未尽。我想要用心倾听，看看心中那睿智的声音想要说些什么。

这并不是说，从想要聆听内心声音的那一瞬起，我就获得了某种伟大的觉醒，或是达到了某种独特的精神状态。虽然没有，但从纷乱如麻的思绪中暂时解脱，却赋予了我一种奇妙的自由感。这些思绪并没有消失，但却不再像从前那么让人昏然浑然了。我仿佛在精神上后退了一步，拓宽了视野，开始意识到我虽然能产生思想，但却并不等同于我的思想。

当然，思想本身并不是问题所在。但听之任之、不加评判地认同每一个转瞬即逝的想法，这却是一个巨大的问题。未经训练的大脑经常会落入这种模式，我们会将身份和思想视为密不可分的整体。

我的目的并非鼓励大家进行正面思考，远非如此。从个人角度而言，我并不相信正面思考具有什么巨大的威力，正相反，向来认为这种思考相对浮于表面。

那么，尝试摒弃一切念头，效果又如何呢？对此，我只能送给大家一句"自求多福"了。我甚至敢说，从身体机能上讲，这几乎是不可能的。试试看不去想一头粉色的大象，你会发现，大脑是无法理解"不"这个词的。然而，学会如何放下念头，却会让我们受益无穷。

那么，该如何放下一连串牵着你鼻子走的念头呢？你可以把注意力转移到别处，因为唯一能为这些念头提供燃料的，就是你的注意力。

想象一只紧握的拳头逐渐放松，直到五指张开。这场景让我们看到，我们同样可以对事物和思绪放手，任之自由飞翔。暂时放下自己的所想，这个举动虽然简单，却能让人受益无穷。用意且用心地将注意力转移到不那么复杂的事情上，诸如呼吸这种体感，可以帮助我们从内心的混乱中解脱出来，得到疗愈和抚慰。

如果愿意试试看，说不定你也能从中得到帮助呢！

吸气的时候，想象你的体内有一股涨起的潮水，就好像你的上半身是一个直立的水瓶。当我们呼气时，水位下降，水瓶放空；当我们吸气时，水从底部往上重新涨起。想象你的呼吸从髋部起始，甚至直接从地板开始。吸气后，水位上升，漫过腹部、胸部，一直到喉部。

呼气时潮落，吸气时潮涨，看看你能否暂时以这股涨落为锚，稳稳地安住于当下。如果需要调整，也请以温和而轻柔的方式进行，仿佛是在询问你的身体：要怎么呼吸，才能让你最舒服？如果我把胸腔再打开一点，会不会更方便你吸入空气？如果我把肩膀微下垂呢？找到感觉这种呼吸方式舒畅惬意的姿势，尽情体验这种美好。

这一呼一吸，就是你当下所要做的一切。你已从其他一切事物中解脱出来，大脑额叶已经停止了运转。此时此刻，你无须承担任何责任。此时此刻，你无须制订计划，无须发表意见，也无须记住什么。你唯一需要做的，就是这一呼一吸。安住于这个状态之中，想待多久就待多久。

你多久会给予自己一次这样的关注？只要条件许可，就请毫不迟疑地抓住每一次机会。这不是为了从中获取什么，不是为了让生活的方方面面都变得祥和平静，不是为了体验到内在爆发的激情，也不是为了成为一个更有灵性的人。这一切只是因为，呼吸本身就是值得的。

想想一切与呼吸有关的重要词语。"Inspiration"（灵感、鼓舞）——吸入气息，"Aspiration"（抱负、渴望）——呼出气息，还有表达精神与灵魂的"Spirit"，以及表达灵性的"Spiritual"。[*]这些同词根的词语之中，一定蕴藏着什么秘密。如果想要调动更多的生命力，就请培养观呼吸的习惯。

泰国僧侣阿姜查（Ajahn Chah）[**]是我所加入的佛学教派中的大师，他曾说过："有些人终其一生，却一次也没有真正感知到呼吸在身体里的进出。他们距离真实的自己如此遥远。"

---

[*] "吸气"的英文"inspiration""aspiration"的拉丁词根为"spir"，即"呼吸"的意思，与"spirit"和"spiritual"同词根。——译者注
[**] 原名阿姜查·波提央，泰国及南传佛教界最具影响力的僧侣之一。"阿姜"为泰文中"师长"的意思。——译者注

选择将注意力集中在某个地方，听起来或许易如反掌，但我得第一个承认，这件事做起来却可能难乎其难。对于大多数人来说，第一次试着把注意力集中在呼吸上时，我们的大脑就像一只七上八下的溜溜球。你关注了几轮呼吸，但心思却开始往一些琐事上飘去，让你不得不耐着性子把注意力拉回来，就这样一次又一次，循环往复。我们的大脑能朝着最意想不到的方向狂奔，而且一跑脱就乐此不疲。但每次注意力分散时，我们最终都能觉察。我们所能做的不是谴责自己或对所获的成效进行评估，而只需意识到这种情况的（又一次）发生，然后放下这些念头，平静地将注意力转回呼吸即可。

在这个过程中，你可能会无数次地想要放弃，但坚持下去却能让你受益匪浅。这是因为，虽然这只是你个人生活中微不足道的一个小仪式，却是人类集体意识进化过程中不可或缺和弥足珍贵的一步。

自古以来，一切宗教都在强调和凸显沉静与聆听内心声音的价值。这已然超越了佛教、冥想和祈祷仪式的范畴，而是涉及我们生而为人的本性。

每个人都有能力放下自己的思绪，有能力选择把注意力集中在哪里，有能力决定让注意力在贻害自身的事物上停留多久。你也具有这种能力。有的时候，你需要的只是一点实践而已。这是因为，如果对这种能力置若罔闻或是无动于衷，我们最终只能任凭那些根深蒂固且习以为常的行为、观点及模式摆布。换句话说，我们会被牵着鼻子走，只能沿着同一条轨道兜兜转转。这不是自由的生活，也不是有尊严的生活。

专注于呼吸容易吗？

不容易。

即便如此，它仍值得你按照自己的步调尽力尝试吗？

是的。

卡拉马佐夫兄弟

04

敲开上司的大门，劈头盖脸地甩出一句："听着，事情没能按原计划发展，我不干了"，这可不算举手之劳。打电话给父母，宣称"没错，我辞职了。不，我没有给自己留什么备选方案"，同样不是小菜一碟。

辞职一个月后，我回到了哥德堡的家。我在马约纳一个外来劳工的聚居区租了一套简朴的单间公寓，准确来说是接了别人的转租，又在一家餐馆找了一份洗碗的工作。记得上班的第一天，我站在那里清洗脏盘子，听着其他员工插科打诨："喂，是不是新来了一个洗碗工？这家伙会说瑞典语吗？"内心深处，我的自尊在大声呐喊着：**"一个月前，我可是个举足轻重的大人物呢！"**

不久之后，我开始学习文学。一天早上，在去学校的电车上，我看到了一则招募心理健康求助热线志愿者的广告。做义工的想法深得我心，于是我便报名参加了。我接受了六个周日的培训，然后被安排在每周四晚上在电话旁值四个小时的班。刚开始的时候，我会急于给别人提供建议，但渐渐地，我学会了平静下来，只是敞开心扉倾听。

　　这是我第一次看到故乡不那么光明美好的一面，原来有那么多人经历着孤独和困苦，绝望和无助。我常常提不起劲去上班，但每次下班后，我却又被满满的自豪感所充斥，觉得心中的暖意和使命感在放声歌唱。电话那头的人经常为了自己的人生号啕大哭，但同样也会因为终于有人愿意聆听他们说话而感激流泪。对于其中的一些人来说，已经有几十年没有人给予他们这样的关注了。这段经历让我意识到一件重要的事：服务他人，能够带来巨大的满足感。

　　研读了一年文学之后，我把视野延伸到了更加广阔的世界。我去了印度，在联合国世界粮食计划署担任经济学家。这样的人生轨迹非常典型：年轻气盛、满怀理想和幻想的西方人来到印度，贡献青春和热血。但到了最后，印度反而让这位年轻气盛、满怀理想和幻想的西方人受益更多。在那一年的时间里，我也以背包客的身份环游了东南亚。我用了三周的时间，在喜马拉雅山脉之中爬上爬下。这感觉真是太不可思议了。从小时候起，我就对大山抱有一种莫名的热爱。山一直是我最适应的环境，也是我最倾心的元素。置身于岑岭之中，我就会自然而然地感到快乐。所以，你肯定能想象，当我每天能花上漫长的时间在壮丽的山岳中探索时，心情有多么畅快了。

我想，说到跋山涉水一段时间后的感受，任何一个有过远足经验的人都不会陌生：不知怎的，生活的纷繁复杂一天天减少，最终，你的生命中只剩下天气、身体、食物、饮品和休息。我还记得，每天早上背起行囊，就感觉自己可以走到天涯海角，坚信**这就是我想做的一切**。我感觉，自己仿佛所向披靡。

话虽如此，在选择行李上，我可能是史上最不明智的人。我强烈怀疑，在那一年所有的背包客中，装模作样地扛着一本硬皮精装《卡拉马佐夫兄弟》的人，估计只有我一个。每晚扎好帐篷之后，我早已筋疲力尽，根本无力再啃这本陀思妥耶夫斯基的大部头巨著了。

在将近一个月的徒步旅行结束后，我回到了尼泊尔的首都加德满都，这是背包客们很喜欢的中途落脚点。一连好几周，我一天三顿吃的都是扁豆炖米饭。因此，当我来到据说提供全市最美味牛角面包的餐厅时，我便满心欢喜地点了一份丰盛的早餐。坐在我对面的，是一位来自开普敦模样靓丽而叛逆的医学生。

她告诉我，她名叫海莉。

我那糟糕的调情技巧，是我一辈子的心结。上帝给人类分发《调情宝典》的那天，我想必是睡过了头。但显然，那天早上我发挥得还不错。最后，我们的早餐持续了四个小时，而早餐还没结束，我就确信自己爱上了面前这个性格奔放多彩、有些咋咋呼呼的女人。更重要的是，这种好感是相互的。几天后，我们一起去了泰国，在那几周里，我们享受了一段完美无缺、几乎像电影一样浪漫的阳光海滩之恋。再后来，我就被她甩了。

梳理这件事的前因后果，我想，在最初梦幻般的两周之后，我逐渐开始担心我对她的喜爱可能要胜过她对我的喜爱。从这个想法延伸，我很快就陷入了下一个更大的恐惧中：

如果她离开我，该怎么办？

这些疑虑，让我内心的某扇大门紧闭了起来。这个过程发生得很快。我猜，我的情感也正是出于同一种原因而封闭起来的。一旦心门紧闭，乐趣、轻松、幽默和自然率真等情绪都会变得遥不可及，而你也会变得沉默和死板起来。我就是如此。我不断告诫自己**不要**这样，却反倒在这泥沼中越陷越深。最终，海莉通过一种非常温柔而体贴的方式与我分手，证实了我的恐惧。而我唯一能想到的回应却是："你知道吗，如果换作是我，也会和现在的自己分手的。"

到了那个年纪，我也有过几次被甩的经历，然而，这并没有减轻那次分手对我的打击。我也知道，因遭人拒绝而黯然神伤绝不是我的专利。对于很多人而言，遭拒都是一种最深的创伤。而我向来有些小题大做的天性，也让那次的伤痛更加深入骨髓。

就这样，刚刚被甩的我置身于泰国的海滩，笼罩在前所未有的孤独和撕心裂肺的心碎之中。身在一个典型的背包客聚集地，所到之处，满眼都是无忧无虑、光鲜亮丽、皮肤黝黑、顽皮嬉戏、钟爱冒险而外向活泼的年轻人。

而人群之中也有我这一号。躲在那本破旧的陀思妥耶夫斯基著作之后，努力装出一副颇有深度的样子，仿佛在伟大思想的宇宙中徜徉，就是我此生的唯一所需。我故作深沉地坚持了几天，最终，现实仍然昭然眼前：我只是在极度的抑郁之中无法自拔而已。

我痛苦地意识到，我不知道该如何处理这种糟糕的感觉，**完完全全两眼一抹黑，也没有任何可以自救的工具。我不禁暗想："这是不是有点说不通？接受了十六年的教育，我却不记得有任何一节课教过'在人生低谷时，该怎么办'？"**

我们每个人在某个时刻都需要一些指引。完全不遇到逆境的人生，是不可想象的。顾影自怜、无依无靠、无亲无友、被人误解、遭人亏待，这样的时刻，我们每个人都会经历。在暴风雨即将来临之际，我们都需要找到能够抓住的东西，给自己找一个支撑。这种支撑可以在身外找到，也可以在内心寻得。最好是两者兼而有之。

故事发展到这里，便进入了老套的情节，我知道，这听起来有些陈词滥调之嫌：心碎的年轻人找到了一家道场。

然而，事实就是如此。我从来没有真正对宗教产生过什么兴趣，但是，我在处理强烈情感时的无能为力，却赤裸裸地摆在面前。是时候寻求帮助了，而求助于佛陀，似乎是一个不错的开始。

初访道场

　　我找到了泰国北部一家道场的地址，那里开设为期一个月的英语冥想课。尽管我曾经对冥想浅有涉猎，但对冥想的真正含义却只有非常模糊的概念。可是，在旅途中，我曾亲眼见过佛教僧侣的仪态。黎明时分，他们端着化缘钵四处漫步，从当地人那里收集食物，在我眼中，他们显得如此气定神闲、心满意足。另外，泰国人身上普遍有一种让我着迷的特质。不知为何，他们总是那么悠闲自得，不疾不徐。他们的身上，存在着一种我在西方很少看到的从容。

　　从小时候起，我的内心就总有个声音在嘀咕我不够好。每当我做了一些出糗或愚蠢的事情，比如误解了什么或出现了什么失误，这个声音就会变得尤其洪亮。可在我表现好的时候，这个声音又会默不作声。即便在当时，我也明白这不是我一人独有的问题，而是我从文化中传承下来的一部分。在瑞典这样的西方国家，很多人都生活在内心这位严厉的批评家喋喋不休的抱怨中。在对我们说话时，这个声音极尽苛责，哪怕我们只是犯了一个小小的无心之过。我们经常会产生一种自己不够格的感觉，害怕被人"识破"。我们担心，如果别人看透了我们**真实的**模样，是否还会对我们存有好感。于是，为了保险起见，我们便伪饰隐瞒，不暴露自己的真面目。而这样的遮掩，必然会影响我们与周围世界产生联系的方式。在我遇到的泰国人的反衬之下，这一点便尤其凸显了出来。

简而言之，泰国人民喜欢自己的程度似乎要多得多。我很少遇到哪个西方人能从内心深处散发出如此的笃定，坚信世界会接纳他们本然的样貌。我觉得任何一个泰国人在走进一个房间时都带着惊人的自信并散发出一种气场，仿佛在说："**你好，我来了！是不是很棒呀？有我在这里，一切都显得更美好了，不是吗？！我觉得，每个人都觉得有我在就是天大的好事。我很确定，大家都很喜欢我！**"这样的描述或许稍显滑稽夸张，但我的印象差不多就是如此。我爱极了他们的状态。

就这样，抱着对冥想所能带来的益处无限夸大的期待，我来到了这家许多人推荐的道场。这是一家繁忙的乡间小型道场，位于清迈市郊的一个机场旁。这里的环境又吵又闹，周围尽是些浑身跳蚤的狗，靠人们辛辣的剩饭填饱肚子。不知为何，这家道场很喜欢举办一种民间音乐节。有时，在我们本该冥想的时候，冥想室外却在大放电子音乐，还会有年轻人在外面的舞台上跳舞。

依我所见，这里的僧侣们大部分时间都在抽烟和闲聊。真正坐下冥想的是我们这些西方人。相比之下，我们对冥想的态度可是**半点也不敢含糊，非常、非常严肃。**

以下这段文字，较为准确地捕捉了我在冥想课第二天的思想活动：

好吧，开始冥想。四十五分钟，不间断地保持正念。呼吸才是正道。我要在这里把绝望抛诸脑后，做焕然一新的自己。说不定，全新的我还能让海莉回心转意呢？吸气，呼气，不知道今天中午吃什么？要是在瑞典家里，他们昨天做的东西连狗都不能喂。可是，这周围的树上满是沉甸甸的果实，自然成熟的、充满异域风情的鲜果……好了，集中注意力。吸气，呼气。但说真的，要说这地方的咖啡，那简直烂得没边！依我看，我们这些西方背包客，基本上就是在这里进行经济援助。我们把他们的功德箱填得满满的，但换来的却是雀巢速溶咖啡的待遇！如果能投资一台像样的意式咖啡机，他们很快就能回本。做点哥达多呀，卡布奇诺呀……唉！我在干什么？我不是应该冥想，到达更高的境界吗？但我的注意力却被这些不知哪儿来的义愤填膺的想法劫持了。改良道场菜单，什么时候变成我的职责了？还好没人听到。看来，我天生注定是个操心的命。振作起来，继续把注意力集中在呼吸上，感受你的身体，放下执念。佛陀不是一直在强调放下吗？开始冥想吧。吸气，呼气……话说回来，这也太无聊了吧！不是该产生什么效果的吗？这不可能就是冥想的全部吧。我还要多久才能体验到宇宙的性高潮呀？内心的焰火，什么时候才能迸发呢？我已经迫不及待了！

曾经尝试过冥想的人，相信都会对这段话深有体会。你或许觉得自己或多或少算是个通情达理、清醒务实的人，但通过冥想才发现，在大部分时间里，你的思维其实都在受着一支巡回猴子马戏团的操控。很多人在刚开始冥想的时候都会犯同样的错误，以为自己的思绪会逐渐平静下来。但事实完全不是这样！你可能会拥有片刻的平静，但也仅此而已。

只有死去的人才会毫无思想。只要活着，我们就拥有思维的能力，而人类思维的本质就是产生想法，将这些想法与他人的想法进行比较，然后对想法进行重组、质疑。

面对脑中那些横冲直撞、完全未经检视的疯狂想法，我们很容易感到震惊和恐惧。这时，你会庆幸别人不懂读心术。让人欣慰的是，每个人都是如此。这种情况是自然而正常的，一点也不奇怪。我们只需要明白，这些只是**念头**，而不是事实。此外，注意到我们内心的杂念也是有益的，因为这可以帮助我们在必要时与之保持一定的距离。我们可以学着不要太把自己的念头当真，而找到一种更加清醒的方式来加以处理：**"瞧呀，那个可笑的想法又回来了。既来之则安之，我不要抓着不放就好了。"**

我喜欢和那些已经开启探索内在之旅的人相处，原因之一就在于，这些人已经发现了大脑中的混乱，因此能在自己和这些思绪之间制造一定的距离。而这，也必然会让他们变得更加谦逊。和不会时刻把自己和自己的理念太当回事的人相处，让人神清气爽。而且，我们反倒可以在共通的领悟中找到共鸣：**"我还没有完全静下心来，你也没有完全静下心来。我并非完全清醒与理智，你也并非完全清醒与理智。我的脑海里偶尔会不由自主地浮出一些疯狂的念头，你也一**

样。我对某些事情会产生过激的情绪反应，你也一样。"

拉开一点距离，能够帮助你更好地认清自己的思维过程。你会开始意识到，其他人也会面对跟你一样的问题。这样一来，你便更容易注意到人类的**共通之处**，而不是人与人之间的分歧。无论我们是谁、来自何处、背负着怎样的过去，就内心活动而言，我们之间往往有很多共同点。承认这一点并更清晰地加以审视，我们就可以更容易地脱下粉饰，不再佯装自己对一切都尽在掌握。这也能让我们更加愿意互助和分享，用真心照见彼此。相比于相互竞争，我们可以彼此互利互补，为不再沦为孤岛而欣喜。我们可以互相学习，不再惧怕失败。我们可以认识到彼此美好的优点，而不必踏出那可叹的下一步：暗自自惭形秽，抨击自己不如他人。

不要相信你的每一个念头

这是一项为期一个月的冥想课程，但只过了四天，我就逃出了道场。我不是一个轻言放弃的人。我对于这一点非常肯定，因为，我虽然对斯德哥尔摩经济学院开设的所有课程都没有什么兴趣，但还是在那里读完了三年。1987年，虽然只进行了九次试跑练习，还穿着一件给我的乳头留下了难以忘怀之伤的厚棉T恤，我仍在35℃的酷暑下参加了西班牙塞维利亚马拉松比赛。但是这次，我却无论如何也坚持不下去了。

第四天的傍晚，我坐在清迈市中心，拿着一瓶红酒，心中纳闷问题到底出在哪里。冥想为什么会这么困难？

我可以坚持睡在木板床上，可以忍受缄口不语，可以接受早早起床。即便是食物不够、饭菜难以下咽，也都没有问题。但是，每天、一整天都被自己那些喋喋不休、唠唠叨叨、批评挑剔、恶意攻击、质疑埋怨的念头所扰，还几乎不能靠其他事物转移注意力，这感觉却让我忍无可忍。我努力想让自己的心思平静下来，但换来的却是一连串人身攻击和自我怀疑的反扑。

然而，我内心中有什么东西被唤醒了。我很清楚，我不愿再那样生活下去。无法安然自处，这是个大问题。因此，我在彼时彼地与自己达成了一个类似协议的契约："**从现在开始，你的一项指导原则就是成为一个稍微更加擅长自处的人，一个更能泰然做自己的人，一个不受自己念头支配的人，甚至有朝一日成为一个能与自己结为好友的人。**"

至少，当时的我已经对如何达到这个境界有了些许的了解。我不再感觉完全受制于自己无法掌握的内外部环境，只能任其摆布。我已经意识到，在被悲伤、焦虑或孤独感淹没时，我还可以选择专注于呼吸，让我的意识停留在体内，而不是对大脑扔给我的所有念头都来者不拒。

这，是佛陀的第一份礼物。

一段时间过后，最终，我还是回到了那个喧闹的乡村小道场，完成了为期四周的课程。这是我做过最困难的事。在课程完成之前，我打了三次退堂鼓。但是，每当我宣布放弃时，我那和善的华裔老师塔纳（Thanat）只是露出温柔的微笑。然后，他会给我一些用塑料袋装着的热豆浆，告诉我："睡一觉再说吧。为了来这儿，你已经付出了这么多，说不定你明天就改变主意了。" 到了第二天，我总会改变主意。我开始明白，为什么佛陀会经常提到无常。没有什么东西是永恒的。即便是艰难的时刻，也有过去的时候。

这，是佛陀的第二份礼物。

回到瑞典后，我继续坚持早晚冥想。我感觉，仿佛是有人终于交给了我一把通往内心世界的钥匙。我对潜藏于内心的情绪有了更加敏锐的觉知。一旦能够正视难以面对的情绪，一部分阻力往往就会迎刃而解。

遇到巨大的难关时，学会引导我们的注意力，选择注意力所关注的目标，是我们能做的最有效的事，或许也是唯一能做的事。

这，是佛陀的第三份礼物。

"不要相信你的每一个念头。"在生活中，很少有比这更让我受益匪浅的箴言了。遗憾的是，这种人人都有的超能力，却常常被我们忽视。实际上，带着一定的怀疑和幽默感来审视自己的念头，会让做自己变得容易千百倍。

那么，不盲目相信脑海中闪过的每一个念头，会给我们带来怎样的裨益呢？

你会得到一个真实而真心的内心知己，一个永远全力支持你的人，这是一份无价之宝。当我们对自己的每一个念头都全盘接收时，就会彻底陷入脆弱不堪、一触即溃的泥沼。我们的智慧会被侵蚀，在至暗时刻，心中的深渊可能像无底洞一样将我们吞噬。如果任其发展，这深渊真的可能将我们折磨致死。

囿于这种受制于自己所有念头的生活，尊严何在，自由何在？尤其是，我们绝大多数的念头都是在不自觉中产生的。我们并非独立的孤岛。我们的童年，我们的所感所悟，我们降生时带来的印记，我们的文化，我们的生活状况和我们在旅途中接触的信息，都在塑造着我们。

我们无法选择自己的念头，也无法控制念头的形态。或许，我们可以选择对某些念头予以助长或压制，控制这些念头所占的空间。但是，我们无法控制哪些念头跃入脑海。我们能选择的，只有相信与否。

妈妈，我要去森林当僧侣

　　怀着西方皈依者的热情，我开始如饥似渴地阅读起与佛教相关的书籍。其中一本叫作《见道》（*Seeing The Way*）。书中描述了泰国东北部的一座道场，来自世界各地的森林派僧侣齐聚于此，共同生活。这本书在我心里埋下了一粒种子：如果我去泰国成为了森林派僧侣会怎么样呢？我所读的每一本书中的每一页内容，都仿佛在浇灌这粒种子。随着一滴滴的水流入，小种子慢慢长大。一天，我和母亲正坐在厨房桌旁的时候，一颗小芽倏然从土里冒出头来：

　　"妈妈，我要去森林当僧侣。"

　　"嗯……你见过在森林修行的僧侣吗？"

　　"没有。我是在一本书上读到的。"

"你去过丛林道场吗？"

"没有。"

"比约恩，你确定要这么选择吗？"

"我确定。"

那种完全自主做出决定的感觉又一次油然而生，这是一种源于直觉的平静而淡然的笃定。这个决定让我和母亲都吃了一惊。就像在西班牙第一次这样做决定时一样，我这次下定决心，也用了不过五秒的时间。

我的父母一如既往地选择了支持我的决定。渐渐地，他们已经习惯了我与众不同的一面，也接受了我对传统职业生涯不感兴趣的事实。对于这个决定，他们没有提出异议，对于我的其他决定，他们也从未提出过质疑。尽管做出了不同寻常的人生选择，但我知道，父母总会给予我坚定不移的支持，这对我来说有着无与伦比的意义。

写到这里，我应该跟大家说明一点，我的父亲在刚为人父时，可是全霍瓦斯*作风最保守的父亲，后来更进一步，在极尽保守的萨尔特舍巴登**也摘得最保守称号。因此，在他看来，儿子放弃前途光明的商界生涯，决意要到泰国的道场

---

* 哥德堡市西南城区的一个主要区域。——译者注
** 斯德哥尔摩省纳卡市镇的一个聚居区。——译者注

里盘腿打坐，无论如何都不能算是一个理想的选择。即便如此，他还是坦然以对。我在新西兰背包旅行时打了耳洞，他并不是非常赞同。不消说，我那宽松的尼泊尔农民粗棉衬衫在他眼中堪称奇装异服，大多数人估计也都是这么认为的。但即便这样，在关键时刻，父亲总会默默支持，面对我不同寻常的人生旅程，他也一向给予我鼓励。

一天我回到家，告诉父母我已经做好了迈出下一步的决定。从现在起，我要像全球各地虔诚的佛教徒一样生活：我要遵循五戒，直到出家为止。

"好吧，五戒是什么？"父亲有点怀疑地问。

我回答说，我要克制自己，不夺取或伤害我自己和他人的生命。我不会偷窃，也不会发生不正当的性行为。我不会撒谎，而且还要戒酒。

当我说到最后一条关于不饮酒的戒律时，父亲发话了："你不觉得这一条有点过分了吗？"

在父亲听来，其他的戒律还能接受，但在生活中滴酒不沾就有点太极端了。这一条戒律，触到了父亲的底线。

佛陀强调，我们与父母的关系非常特殊。感激养育者之恩，有着深远的意义。我们应这样假设，无论他们做得怎样，都已尽力而为。有了自己的儿女，你会顿然领悟：我的天啊，为人父母真是太困难、太辛苦了。在家的最后几个月里，我对父母的感激之情与日俱增。

父母问我在动身去道场之前还有什么想做的事情，我告诉他们，就像我小时候的传统一样，我想全家再去一次阿尔卑斯山。

说到做到。母亲、父亲和我的三个都已成年的兄弟，一家人全员动身。

到了这个阶段，我的家庭成员已经形成了截然不同的生活方式，这一点，在我们的昼夜作息上尤为突出。此时的我，已经养成了许多奇特的新习惯。早上四点半左右，我便会在租住的山间小屋的客厅坐下，置身于冰箱发出的微弱绿光中冥想。过了一会儿，我的三个兄弟才回到家，稍不留意就会被我绊倒。原来，他们在酒吧里一直玩到打烊才回家。我觉得这是一个非常有代表性的例子，说明我的生活已经转向了另一条道路。

在出家之前，我决定放弃我所拥有的一切财产。我一向不是很看重私人财产，也从来没有和我的家当产生过任何强烈的情感联系。但即便如此，当我终于对这些物件放手时，我的内心涌起的难抑的喜悦还是让我吃了一惊。这种兴奋，真好像血管里注入了八杯浓缩咖啡一般。然后，我也还清了自己的学生贷款：要想成为一名森林派僧侣，是不允许身背负债的。

　　就这样，我做好了准备，却并不真正明白我准备好迎接的到底是什么。即便如此，我还是毫不迟疑地离开了瑞典。当时适逢冬天，让别离显得容易了一些。

纳提科："在智慧中成长之人"　／　08

1992年1月28日，我爬下嘟嘟车*，背上我的小背包，第一次走进了丛林道场的大门。门旁的牌子上写着"Wat Pah Nanachat"字样，也就是"国际丛林道场"。我从丛林树冠形成的高耸拱顶下走过，很快就到了禅堂。空气中弥漫着虎标万金油和中式熏香的气味。二十多名来自世界各地的僧人**静静地坐在矮台上，吃着各自化缘钵里的食物。

我找到厨房，在那里和村里的老妇人一起吃饭。她们的孙子孙女在周围嬉戏，另外还有大约十位来自西方国家的

---

* 东南亚非常普通的一种短途交通工具，大部分作为出租车使用，通常是由一人操纵的小型电动三轮车。——译者注

** 国际丛林道场欢迎女性访客，但没有常驻女老师，且道场里目前没有尼姑居住。——译者注

访客在场。僧人们吃完饭后，我遵照别人告诉我的方法，跪行到住持面前鞠躬行礼。住持名叫阿姜帕萨诺（Ajahn Pasanno），是加拿大西部荒原一位伐木工的儿子。我说明自己的来意：

"我已经抛下了一切，想要成为一名森林派僧侣。"

他露出一个灿烂而友善的笑容，说这很好。

"你可以和其他男性访客一起住进僧寮。如果三天以后你还在这里，就要剃光头发。"

在那一刻，他的欢迎显得相当简短。过了许久，我才领悟到个中原因。原来，有很多人来到道场都会在发现现实与自己的预期不符时半途而废，这样的案例，住持已经见过很多。然而，头三天过后，我的信念丝毫没有减弱，因此，剃光头发就成为水到渠成的一件事了。此举是为了表明，来到这里，你愿意做出一些牺牲，是真心诚意的。另外，剃发也为访客设下了一个自然而然的终点。这清楚地表明，道场的本质是僧尼的家，而不是背包客的免费招待所。我和一位来自新西兰的男性一起参加了仪式，他和我同时来到这里，日后成了我一位要好的朋友。我们拍了照片，在一头秀发到完全秃顶的过程中创造出各种有趣的发型，玩得不亦乐乎。

几周之后，道场举行了一场小仪式，纪念我提升为净人，也就是一种穿着白色袈裟的准僧侣。作为净人，仍然可以执行一些日常事务，如经手金钱和驾驶汽车等，但要越来越多地深入到真正的僧侣生活中。三个月后，我升为沙弥*，并在这时得到了我的法号。

我对我们的住持兼老师阿姜帕萨诺抱有无上的崇敬，立刻就对他产生了一种毫无保留的信任，而他也始终没有给我任何动摇这种信任的理由。按照通常命名仪式的习俗，阿姜帕萨诺会翻开一本在泰国所有道场都能找到的册子，里面有各种可以取名的法号，具体要看你是在周几出生的。一周的每一日都对应着数百个可供选择的法号，而老师的工作就是挑选一个认为合适的出来。阿姜帕萨诺建议给我取名为**纳提科**（Natthiko），意思是"在智慧中成长之人"，并问我感觉合不合适。我对这个法号一见钟情，直到今天也依然如此。

僧尼之所以被赋予法号，是为了提醒他，他已经过上了一种全新的生活，也就是所谓的"出家"生活。没有人能告诉我，法号的意义是为了强化你个性中的某些面向，还是鼓励你培养自己有所不足的某些特质。情况可能因人而异。举

---

* 佛教术语，用来称呼年龄不足二十岁或未受具足戒的初级出家男子。——译者注

个例子：委婉地说，在我们的道场里，有一位僧侣成长的环境不太好，语言非常粗鄙，说话时满口脏话。很明显，这与出家的生活格格不入。因此，老师给了他一个意为"谈吐文雅"的法号，意在这方面多给他一些鼓励。

从外面来看，沙弥和一个正式的僧侣没什么两样，在我们这一派，沙弥要穿上赭色的袈裟，但遵循的戒律较为简单。在当了大约一年的沙弥后，如果得到各方的同意，你便有资格成为一名"真正"的僧侣。这意味着选择受更严格的戒律。所属的佛教分支不同，具体的传统也各不相同，但在小乘佛教之中，受戒的僧侣要遵守二百二十七条戒律，尼姑则要遵守三百一十一条戒律。

在理想的情况下，僧尼应将戒律熟记于心。能够做到这一点，会带给你一定的地位。在当地的僧尼之中，可能有一成人做过尝试，而在我们这些西方人中，做过尝试的则大约占到三分之一。这需要投入大量的精力进行练习。这些戒律是用作为礼仪语言的巴利语书写的，你必须学会用飞快的速度将其背得滚瓜烂熟才行。每过两周，我们中的一个人就要向所有人大声背诵戒律。如果速度很快，背完大约需要五十分钟；如果稍慢一点，你就会惹得众人不悦，因为听者的体验非常乏味。我花了九牛二虎之力，好不容易学会了背诵，但这要数我做过的最困难的事情之一。毫不夸张地说，我花了一千个小时才把这些戒律熟记于心。

其中有四条大戒占有重要的地位。打破其中一条，你就会失去僧尼的资格。这四大戒人人都清楚，犯戒之人不必有人指出就自己心知肚明。第一种是偷窃，第二种是交媾，第三种是取人性命，第四种则是大妄语，也就是在尚未参悟时有意谎称自己已悟。

回到瑞典之后，我最常被问到的一些问题，总会涉及独生禁欲以及长时间不自慰等话题。比如，许多男性都想知道夜间梦遗算不算犯戒。实际上，这种非自愿的身体反应绝不会被当作犯戒的罪证。一般来说，对于身体自身的弱点，泰国人是非常宽容的。这方面的轻微犯规，通常只会引来一阵尴尬和偷笑，不会牵扯到真正的羞耻，而是被视为人之常情。但从另一方面来说，性交则是不堪设想的行为。我个人并不认为独身对心灵成长非常重要，但这确实是既定的规矩。虽然我对不少规矩都会心存质疑，但一旦选择成为这种集体中的一员，你就必须全身心地投入进去。

自佛陀时代以来，道场的传统是每两周在月圆或新月时聚会一次。这是一种佛教仪式，在这一天之前，每个人都要将头发剃干净，禅堂也用莲花和熏香装点。在仪式上，人们需要完整诵读佛教戒律。但在此之前，大家要两两成组，面对面地跪下来，彼此坦白触犯或松懈的轻戒。例如，如果你在明知不可的时候杀死了一只蚊子，就可以在那时承认；但如果违反的是一条重戒，你就必须稍后在众人面前承认。

　　佛陀告诉我们，想要保持内心纯净，有两种方法：要么不做错事，要么坦承自己的过错。这有点像天主教里的忏悔。比如，如果因自慰而违反了传统，你就必须向大家坦白。通常，每次忏悔的都是同样那几个人。这几位僧侣会怯懦地跪行到月光下，喃喃道：**"我可能……也许……大概……做了些不该做的事，呃……"**

　　不难看出，这一幕有点滑稽，但是，带着同理心看待他人的失误，有助于让我们的心更加贴近。我们会认识到，有缺陷的并非只有我们自己。而且，一旦坦诚说出，内心的压力也会随之稍微缓解。

　　道场里的来自西方的僧侣们也经常主动举行所谓的"心会"，其间交流彼此的思想和经验。我们觉得，这种会议与修佛的生活相辅相成。在心会中，我们会用到一尊金刚杵（藏传佛教中的一种小型法器）*；握着金刚杵的人会告诉其

---

* 金刚杵在佛教密宗中象征智慧和真如佛性，可断烦恼、摧毁修行中的障碍。——译者注

他人，从上次会议到现在，他们遇到了哪些困难和挑战，或是收获了哪些鼓励。每个人发言时，没有人会打断、评论或分析，大家只是发自内心地表达，其他人则敞开心扉倾听。在这些心会上，泰国僧侣们会咯咯偷笑，觉得会议的形式非常带有西方的组织性。对于他们来说，在不那么结构分明的环境中交心，感觉会更加自然。但即便如此，他们仍会参与进来，这些聚会的体验往往非常美好，同时也能加强大家的集体意识。

一些僧尼已经选择放弃由佛陀制定的修行准则，泰国的森林派传统也是由此应运而生的。因此，森林派僧尼的生活特点，就是专注于冥想、质朴和道德。我们住在分布于丛林中由高杆支撑的僧寮里，睡在简陋的草席上，一天只吃一顿饭，从不经手钱财，遵从独身主义。对于这样的生活，需要适应之处有很多。

当然，还有冥想这个重头戏。作为堪称有史以来最糟冥想者的我，或许并不是出家生活的完美人选。在盘腿打坐冥想时，不出三十分钟，我就会浑然入梦。而且各位读者也知道，对于我来说，控制内心的猴子马戏团一向是个挑战。我每天都要用几个小时冥想，即便在这种高强度的密集训练下，我仍然花了好多年的时间才摸清门道。凌晨三点半，与大家聚在一起集体冥想时，我的心理活动大致是这样的：

好吧，一呼一吸，慢慢来。其他一切，都可以放手。吸气，呼气，吸气，呼气。我想知道，人要多久才能达到开悟呢？佛陀只用了六年。但我敢说，他之前一定是积累了好几世的圆满善业。我说不清自己的业力怎样，但绝对称不上圆满。我这一辈子喝过多少瓶啤酒呢？五千瓶？一万瓶？如果把装酒的板条箱叠起来，得有多高呀？让我算算……不行！不行！集中精力，先生，集中精力！争口气！正念与你之间，只隔着一口呼吸。耐心点，耐心点。冰冻三尺，非一日之寒。像日本禅僧一样打坐。说到禅宗，你还别说……那些僧侣可真是气度不凡，风度翩翩。他们的体态比我们的优雅，背也挺得更直。他们还有书法，俳句，枯山水*呢。我记得，他们好像还能时不时地喝点烈酒……嗨，拜托！怎么又开始了！别再胡思乱想了！回到当下！吸气，呼气。啊……我的心可算静下来了。哎哟！发生什么事了？！是不是有人刚刚照着我的头捶了一拳？这怎么可能？我睁开眼睛，发现瓷砖地板距离我的脑袋只剩五公分的距离了：哎呀，我一定是

---

* 日本禅宗园林，由细沙碎石铺地，叠放一些石组所构成，多被视为日本僧侣用于冥想静心之地。——译者注

睡着了，然后身体前倾，头撞到了地板。真是丢人现眼呐。
不知道有没有人看到？

　　尽管挑战重重，但我从未怀疑过自己出家的决心。那个脑海中的声音，那个一直在我耳边轻语"**生活在别处**"的声音，终于安静了下来。

　　在西方世界，尤其是在商界，我一直听人说，聪明才智可以胜过几乎所有一切。但在这里，我却得到了检验自己长期以来的怀疑的明证：原来，我们人类还有那么多其他的资源可以利用。有一种不局限于我们头脑的智慧，那是我们应该多加求诸的东西。我内心中那个智慧的声音，那个带我一路来到此地的声音，值得用心去倾听。

　　我有生以来第一次感觉到，自己所重视的事情，终于与周遭的世界达成了一致：做任何事情，都要全心投入当下；说真话；彼此帮助；多多听从沉默，而不是喋喋不休的思绪。这种感觉，如同倦鸟归巢一般温暖。

当下的智慧

　　我们泰国森林派僧侣的传统，由一位爽朗豁达的僧人创立，他的名字叫作阿姜查。精神的开悟，加上幽默可亲的性格，让他鼓舞了许多人，也吸引了一众信徒。20世纪六七十年代，他在佛教界的人气与日俱增，尤其是在之前一直留在印度的老嬉皮士当中很有人望，有不少人亲身到访他位于泰国东北部的道场。由于这一地区的泰国方言非常难懂，而阿姜查的许多信徒都是西方人，因此，建立一间使用英语的道场的需求很快凸显出来。之后不久，附近的一块土地被捐赠出来作为此用，我们这座在当时独一无二的国际丛林道场，便这样应运而生了。

　　对我们许多人来说，阿姜查堪称一位精神领袖。他的脸特别宽，还几乎时时刻刻挂着与脸一样宽大的灿烂笑容。除了"牛蛙"，还有什么名字更适合他呢？

有一次，阿姜查坐在道场外丛林中的一张小竹榻上，四周围着僧尼。他拿起一把砍刀，举在面前，说了这样一席话：

你们知道吗？从某种程度来说，我们的心智就像是这把刀。想象一下，如果我不断地使用这把刀，切塑料、混凝土、玻璃、金属、木头和石头，那么刀很快就会变钝，无法有效地完成工作。反过来，如果我让刀在鞘中休息，只在砍柴或砍竹子的时候使用，那么这把刀就会长久保持锋利，能够快速而高效地完成工作。

我喜欢这个比喻。为了让自己的心智最有效地发挥作用，达到如我所愿的敏锐和高效，不时的休息是必须的。

我们很容易忘记，人类获取知识的方式不止一种。我们也很容易忽略，理性并不是我们工具箱里唯一的工具。我的意思不是否认理性是我们天性中美好且重要的一面。理性赋予了我们很多有益且精彩的事物：比如科学、技术、医疗保健、民主、平等和无数宝贵的思想。然而，我们所拥有的，不仅仅是理性。除此之外，我们还拥有另一种获取知识和做出决定的方式。我们拥有**般若时刻**，也就是佛教徒所说的"智慧"。在他们眼中，冥想和智慧之间存在着明确、紧密的联系。

有的时候，在我向内倾听时，一切会突然变得明朗起来。那个周日的下午，我在西班牙寓所的沙发上体会到的，就是这样的一个时刻。有人称之为跟随内心，有人称之为直觉。对我而言，我更喜欢称之为**当下的智慧**。我们如何称呼它，或是怎么找到它，这些都不重要。重要的是，我们要意识到人类具有这种能力。正因为我们是人，才能够倾听智慧的声音。这智慧就在我们的心中，却有太多人听不到，在这个很容易从外部求索答案的时代更是如此。让我们的心智得到休息，静静向内倾听，或许从没有像现在这样困难，也从没有像现在这样需要我们付出如此大的努力。

我们很容易陷入一种思维模式，觉得幸福来源于外部因素。这正是我在十几二十岁时的思维模式，直到今天也不能完全将其摒弃。这种想法的诱惑力非常大。在别人面前表现出成功顺遂的样子，比如拥有一份光鲜亮丽的事业，可以在一段时间内让你的小我得到满足。然而，一旦停下来认真思考，你很快就会发现这有点像只靠甜品过活。甜品五彩缤纷，在吃下去的当下趣味十足、美味可口。但是，这些东西无法提供持久的营养。

每个人都能获取这种当下的智慧。我们每个人的内心都有一个调校精准、沉静无声的指南针。我们所要做的就是专心聆听，因为，智慧的声音没有小我的声音那么响亮。发自小我的聒噪需求，常常会淹没其他一切声音。正因为如此，我们才应当时不时地把频率调换到不同的波段上去。正因为如此，我们才应当通过一切对我们有意义的方式，在日常生活中寻找宁静的时刻。这是一种神奇的能力，值得用心去滋养。如果不这样做，我们的注意力就会不可避免地被当下最嘈杂的声音拽走。这不仅会引发波澜和冲突，还会导致焦虑和不满，让我们不断与现实对抗。

倾听内心的声音并非与理性相左，这个声音本就**包含了理性**。这并不是说，通过倾听内心，不同凡响的灵感和概念便会出其不意地闪现脑中。事实上，这些灵感和概念很可能是搜肠刮肚、冥思苦想之后的结果。这就是我在决定辞掉那份光鲜工作时的感觉。这些想法已经萦绕了一段时间，一直在大脑的后台运行。但是，想要质疑自己投入大量时间和期望的事情何其不易，想必大家都不陌生。理论上看似正确而体面的事物会让人难以割舍，无论是一份工作，一段关系，还是一种生活方式。但是，当我稍微放开自己的想法，任其自由流动时，便为更加真实的信念腾出了空间。通常，只有让内心那更明智的声音自己浮现时，我才能做出最后的决定。我并没有用**逻辑推出**选此还是选彼，没有从一个想法推理到另一个想法，然后再导出结论。我只是突然间恍然大悟，在那一刹那的寂静中，我触碰到了那个更为宏伟而本真的自己。

或者，正如一位名叫阿尔伯特·爱因斯坦的智者曾经说过的："理性是忠实的仆人，直觉是上天的恩赐。但我们创造的社会尊崇仆人，而遗忘了恩赐。"

奇特的集体生活

在决定出家时，我对于佛教道场以及出家生活应有的样子，抱着一些固有的看法。然而，对于其中的一些看法，我现在不得不做了改变。

首先，每家道场的外貌看起来各有不同。这里的道场不拘一格，有位于居民区中心的破旧而熙攘的道场，也有坐落于大自然怀抱之中、由零星的小竹屋组成的雅观的道场。我也很快意识到，无论我选择了哪座道场，都必须放弃我想要出家时的一个初衷：那就是，我终于可以独处，彻底享受一人的清净了。

短短几周之后，我就清楚地意识到，我加入了一个全年无休的群居团体。而这个团体的成员，则是一些我所见过的最古怪的人。我们不能选择室友，每个月都要交换一次房间或僧寮，部分原因是不让我们过分执着于所谓"自己的"东西，部分原因则是这里来来往往的人流造成的。你喜欢的人可能会突然离开道场，而你不太喜欢的人却永远赖着不走，或者至少会让你有这种感觉。很明显，社交训练势必成为我出家生活的一部分，这是我之前完全没有料到的。

刚开始的时候，这对于我来说是个巨大的挑战。我总喜欢把自己和其他僧侣比较，会拿诸如此类的想法折磨自己："你没有苏加多（Sujato）聪明。你不像有尼亚纳拉托（Nyanarato）那么善解人意。你没有泰迦帕诺（Tejapañño）那么有耐心。你不像钱达科（Chandako）那么安住当下。"但与此同时，每个人也都有各种招我厌烦的习性。有些人怎么会这么招人烦？我被扰得心烦意乱，当他们的行为举止不合我意的时候，我就会气不打一处来。但一段时间过后，我逐渐意识到了自己在内心制造的所有抗拒带来的痛苦。我内心中的某种东西变得豁达了起来，这个过程虽然缓慢，但每一步都走得很扎实。我学会了不要对别人抱有太多意见，允许他们安然做自己。我们的住持鼓励我们这样思考：

我们每个人都像是被冲上海滩的鹅卵石。诞生时，我们粗糙不平，棱角分明。接下来，人生的波涛滚滚而来。如果我们能安心待在那里，任海滩上的其他鹅卵石推挤我们，碰撞我们，磨蚀我们，我们锋利的边缘就会被一点点磨平。我们会变得圆润光滑，会反射光芒，熠熠闪光。

　　觉得别人讨厌是人之常情，人人都会经历。但是，这种感情非常耗损能量，可能造成不必要的精力流失。但我要很高兴地告诉大家，这个问题是有解决方法的。如果你想让一个人变得容易相处，想要接受对方的做事方式，只有一条途径：那就是学着去喜欢他们本来的样子。

　　这是因为，纵观整个宇宙长河，你可曾见过只因别人从旁指指点点，就能依着别人的喜好改变自己的例子？但是即便如此，我们仍然一直囿于这个怪圈中。这种做法让人匪夷所思，几乎到了傻得可爱的地步。我们以为自己无所不能：**"我最清楚每个人应该是什么样子，如果对方拒绝依从，那我就要在心理上进行自我折磨。"**我们可真是够自以为是的！

　　我们人类都有"谎话探测器"，能感觉到对方是否有所保留。这会削弱我们的信赖，让我们心存芥蒂，也让我们掩上心门，难以付出真心。然而，这种机制也会以另一种方式起作用。**"你好！尽管安心做自己吧，你本来的样子就很可爱。你无须改变自己，我接受你所有的特质，无论是你怪异的癖好、乖僻的个性，还是反常的举止。在我的世界里，永远欢迎原原本本的你，这里，永远是你的避风港。"** 如果这是对方的想法，我们也能感受得到。

想象一下，与这样的人相遇的感觉有多么美好。你自然就会变得更好相处。

只需让彼此做真实的自己，互相接受，我们就能收获良多。这样一来，我们就给了彼此一个机会，让彼此得以发挥自己所有的优势和才能，成为更加美好的自己。确信对方能够接受我们真实的样子时，我们也更容易与对方共情。这样一来，我们就能以更有同理心的方式与周围环境互动了。

生活在集体之中，尤其是一个时刻致力于精神与个人成长的集体时，这些道理便会凸显出来。一旦打消了自己的顾虑，那些我一开始最反感的人，最终往往会成为我最喜欢的人。有个来自俄克拉荷马州的僧人对我深恶痛绝了整整四年的时间，每天如此，绝不掩饰，也毫不留情。事后看来，这件事颇有些讽刺意味，因为我一直是个过于关注别人对我看法的人，我很想在这个部分加强修炼。我需要有个人讨厌我，因为这样我才能认清，总是想讨所有人喜欢，是多么没有意义。

因此，集体生活有很多附带的好处。对于出家生活，一个让我立马倾心的因素就是其包容性。我喜欢这种人人都可以加入的感觉。你不需要头脑聪明，也不必在学校成绩优秀，甚至不必在心智上特别成熟，都可以进入道场。你所需要做的，只是表现出你的善意，并尽你所能做到最好。

森林派道场的文化，是在共识的基础上建立的。住在那里的僧侣或尼姑必须对彼此表示这样一种态度：**"我准备好与你一起合作了。你无须完美，无须聪明，我甚至不需要喜欢你。但我已经做好准备，与你一起走下去。"**一切事情都要一起做，这是出家生活的基本组成部分。我们做的所有杂事，都要以一个深得我心的原则为基础：无论做什么，都要安住当下。所做事情的价值，没有高下之分。给当地医院的护士们上一堂课，并不比清扫道路、洗碗、打扫卫生更崇高或高贵。

因此，虽然情况与我到此之前的想象有所出入，但一切都以本然的方式展开。通过接受事情本然的模样，我们学会了共同生活。海浪滚滚而来，我们毅然决然地留在沙滩上，打磨着彼此锋利的棱角，直到变得更加光滑圆融。

丛林道场的节奏　　　／　11

　　父母第一次来道场的时候，我已经出家一年了。这时的我还怀着新皈依者的热忱，对新的生活充满了热情。我感觉找到了属于自己的路，而且可以得到一切问题的答案。在我的世界里，无论遇到什么重大问题，佛陀都能予以解答。但是，父母又对这种生活作何感想呢？

　　因为道场场地禁烟，在大部分时间里，父亲似乎都在寻找隐秘地点，好偷偷抽上一支。在父母来此的第三天，我再也按捺不住心中的疑问。

　　"爸爸，你对这个地方和我们在这里的生活方式有什么看法？"

　　父亲看着我，吸了一口烟，说：

"我觉得这有点像童子军，但要比童子军更注重伦理道德。"

母亲则更喜欢亲身参与到道场的生活之中。到达后的第二天早上，她从两人居住的狭小客舍走出来，手里拿着一大块真空包装的鲑鱼。她大步走到道场里用明火烹饪食物的简陋厨房，大声宣布：

"我要给所有的僧尼做鲑鱼开胃菜咯！"

不用说，她还特地大老远从瑞典带来了芥末酱。

那天，在我们坐下来吃饭之前，我注意到母亲非常渴望和我们的老师阿姜帕萨诺交谈。但她也知道，在泰国的道场里，用餐时非常肃穆，不宜打断。僧侣们坐下来，吟唱偈颂，然后默默地吃饭。访客通常在厨房用餐，那里的气氛完全不同，几乎像节日一样热闹喜庆。

来自周围村落的老妇们将道场当成社交俱乐部。她们会在早上就带着孙子孙女来到道场，然后一天的大部分时间都在厨房里，或闲聊或帮厨师搭手。她们非常贴心，会尽可能多地炒一些蔬菜。因为她们知道，大多数西方人都更喜欢素食，但其实在泰国农村吃素的人并不多。母亲喜欢待在道场的厨房里，她喜欢和人们打成一片，而且非常喜欢小孩子。尽管大家说的话她一个字也听不懂，但她仍感觉像在家中一样轻松自在。

当僧侣们吃完饭，我们的加拿大老师阿姜帕萨诺也放下勺子时，母亲就趁着这个时机，赶忙悄悄走到他身边，说：

"你好，我叫凯莉，是纳提科的妈妈。请问你出家以后，过了多久才回家探望父母的？"

阿姜帕萨诺回答道："我亲爱的凯莉，真不巧，你这第一个问题竟然问给了我。你知道吗，在我才出家三年时，他们就问我是否愿意当这里的住持。这不是一个很讨人喜欢的工作。住持时刻都在忙碌，还要承受人们在你身上投射的众望。来这里当僧尼的人做了很大的牺牲，怀抱着诸多的期许，也有很多的恐惧。所以，这是一份很敏感的工作。你就像一位公众人物一样，需要肩负诸多责任。别忘了，我们大多数人来这里，就是为了过上一种更加清净而与世隔绝的生活。但我觉得，既然没人愿意接手这份工作，我唯一能做的像样的选择，就是肩负责任，应承下来。这份工作非常忙碌，十二年来，我连一周也没有休息过。所以，我是在出家十六年后才回家探亲的。"

这绝不是母亲想听到的答案。我没有听清她的回应，但她的表情似乎在说：**"比约恩绝对不可能离家那么久。"**

在这里，我用英语里的"abbot"表示"住持"有点不恰当，因为这个词含有强烈的基督教含义，往往会让人联想到矮胖的中世纪修士做奶酪的画面。但我想不出比这更好的英文词来指代佛教道场的掌门人，所以只能拿这个词勉强对付了。毕竟，这个词足以解释谁是"老大"。除了住持，还有上座，即所有正式出家至少十年的人。上座可以获得"阿姜"的头衔，也就是泰语中"老师"的意思。

我们的道场独一无二，因为里面居住着来自世界各地的僧人。有的时候，大家的文化差异会格外明显。例如，对于等级结构，西方和东南亚的僧尼有着非常不同的文化预期。泰国在传统上奉行父权和等级制度。来自泰国以及其邻国的僧侣，都按照家庭范式来对待出家生活，将道场的住持视为自己的"父亲"。从这个角度来看，清晰的等级制度被视为正常，承载着父亲形象的领导者也会得到大家固有的信任。相反，我们这些西方僧侣则根据职场范式对待出家生活，将住持放在一个更接近于"老板"的角色。这导致固有的信任程度降低，看待职责和分工的心态也有所不同。

从很大程度来说，泰国的生活也逃不开情感的支配。在讨论杂务或决策的时候，你完全可以简单干脆地表达"我对这事感觉不好"。而我们这些在西方组织型文化中成长的人，却很难理解这样的观点怎么会得到如此重视。

泰国的出家生活遵循既定的日程安排，因此比较容易预测，也让生活自然而然变得宁静悠然。在那里，一天中要处理的感官刺激和信息要比在西方世界少得多，所以大脑在一天终了时不会那么疲惫。我很快就意识到，我的大脑变得比以前清净多了。

我们的闹钟会在凌晨三点响起。半小时后，大家便聚集在两间禅堂中的一间。我一直不太习惯在夜间列队行走，在黑暗中，横在小径上的每条蜿蜒的树根，看上去都活像一条蛇。实际上，遇到蛇的情况也偶有发生，因此，我也不能说服自己这一切都是我的想象。尽可能少带私人物品意味着一定的威望，因此，一些僧侣坚持不带手电筒，而且还要赤脚走在路上。我曾经两次踩到蛇，每次都被吓得魂飞魄散。毕竟，这些可不是什么一般的水游蛇。事后有人试图安慰我，告诉我那条蛇之所以行动缓慢、没能咬到我，是因为那是一种森林里最毒的蛇，因此行动无须那么快。

"呃……多谢你呀，这话让我舒坦多了。"

邻着森林边缘的禅堂没有围墙，好让风吹进来。屋顶由柱子支撑，瓷砖地板的一端有一座金色的佛像。屋顶悬着几台异常精美的吊扇，努力旋转着驱赶蚊子。一走进禅堂，我们就跪下顶礼：用双脚和膝盖触地，然后缓缓用手掌和前额触地。

禅堂并不是唯一需要行顶礼的地方。在丛林道场里，按照惯例，只要在一个设有佛像的房间里坐下，你就先要对着佛像顶礼三次。起身时，你也要再行三次顶礼。因为大家每天要起起坐坐好几次，而且丛林道场里几乎所有的房间里都至少有一尊佛像，所以顶礼简直是**此起彼伏**。起初，我觉得这种做法有些古怪。但随着时间的推移，我逐渐开始领悟了这种礼仪的重要性。

佛陀把仪式的本质洞悉得明明白白。仪式和礼节本身没有意义，其意义是我们**赋予**的。作为僧人，你也应为自己所有的行为赋予**你所看重**的意义。

随着时间的推移，顶礼给了我越来越大的信心，这是一种无时不在、无所不包的笃定，坚信在这个世界上，有一种比我那嘈杂的小我更加睿智的智慧之源。

在最初的顶礼之后，我们会进行吟唱。与耶稣不同，佛陀在三十五岁开悟后，尚有四十五年的时间来分享他的所悟。与佛陀同代的成千上万僧尼养成了一种习惯，会将佛陀回答信众问题时所说的铭记于心。因此，佛陀的话语和教义便通过大量的歌曲和文字留存了下来。吟唱之后，是一段长时间的冥想，也是一天中的第一次冥想。

在太阳升起之前，僧侣不允许离开道场，但等到黎明破晓时分，我们就该出去化缘了。这是我在一天中最喜欢的时光。我们五六个人一组，分开朝着不同的方向行进。我们总是光着脚，排成一个纵列，默默地穿过村庄。我们每个人都用绳子将钵挂在脖子上。那些愿意并且有能力分给我们一些家常菜的人大多会在路边等候我们，或是从家里喊着他们马上就出来，礼貌地让我们稍等片刻。

化缘结束后，我们带着收到的赠礼回到道场。这些赠礼有水果、米饭、鸡蛋、装在塑料袋里的熟食以及用香蕉叶包裹的甜点。这些食物不是任何人的私人财产，所有的东西都是共有的，会被放入一个巨大的搪瓷盘，然后拿到厨房去。在厨房里，有人把需要烹饪的食物烹熟，然后悉数盛盘端上。若适逢附近村庄有人过生日，或是祭奠一位挚爱的亲人，那么这家人通常也会给道场带来食物。

道场里总是有充足的食物，而且绰绰有余。当地人可以随意到访道场的厨房，无论是否需要，都可以领到一份饭菜。毕竟，泰国的这个地区非常贫困。我们收到的捐款也是这样处理，任何没有用完的，都被转赠出去。我们的道场享有盛誉，因此支持者很多，其中不乏来自大城市的乐善好施的富人。比如说，多亏有了他们，我们的道场才能够资助建造当地医院最大的医疗楼。因此，这不仅是一种有效进行资源再分配的方式，也成为我们和当地居民之间相互依存的纽带。

早上八点半，我们坐下来吃一天中唯一的一顿饭。对这种一日一餐的习惯，我花了好几年才习惯！刚开始，在行禅*的大部分时间里，我满脑子想的都是比萨和冰激淋。僧侣、尼姑和在道场待了超过三天的访客，必须在上菜前半小时在邻着厨房的禅堂就座并做好准备。这样做的目的，是让大家用正念进食。这是用餐时进入潜心状态的一个重要环节。我们会坐在齐膝高的平台上，沉默而专注地进食。座位根据资历排列。穿袈裟时间最长的僧侣坐在离佛像最近的地方，并最先得到食物。

这顿饭一般在上午九点半结束。然后一直到下午三点，都是僧侣们的"自由时间"。我们中的许多人把大部分时间用来行禅，这也是我最喜欢的活动之一。除此之外，还有坐禅、瑜伽、太极、学习、阅读、写作、闲聊、打扫卫生、洗

---

* 以步行的姿势来做禅修。——译者注

衣服和打盹。

下午三点到五点是专门用来工作的时间，这通常涉及繁重的体力劳动。我们毕竟生活在热带丛林之中，有许多植被需要修剪和照料。有的时候，会有多达一百人排成一排，来来回回地传递用小桶装着的水泥。总有什么东西需要建造、处理和修缮。有的时候，我们可能要检修收集雨水的水箱中的过滤器，有的时候，我们则要上网更新签证。

有一件差事经常落在我的身上，那就是照顾来到我们道场的众多访客。道场里的大家负责不同的领域，时间或长或短。在出家生活的一半时间里，我都在负责接待访客。当然，我会讲六种语言的技能在这里派上了用场。尽管要做好经常被打扰的准备，但总体来说，我觉得这是一项令人愉悦的任务。我们的道场在国际上享有独特的声誉，因此是个很受欢迎的探访胜地。几乎每天都有大巴满载访客到来，他们对于我们的生活方式非常好奇。许多泰国人觉得，西方僧尼充满了**神奇的**异域风情。其实在当地人看来，出家也是一件非常艰难的事情。而我们则**更进一步**，千里迢迢从西方来到这里，放弃一切追随佛陀，而且还能坚持下来！泰国人对我们刮目相看，对此也颇引以为傲。

下午五点，终于到了期待已久的茶歇时间。我们这些僧侣从早上九点就开始禁食，只能饮水，因此到了下午晚些时候，甘甜的热饮自然大受欢迎。我是个咖啡因重度依赖者，我经常无法保持清醒无疑就与咖啡摄取不足有关。通常来说，茶歇是个轻松愉快的时段。有的时候，老师会邀请我们提出问题；有的时候，他则一人宣讲论述。

晚上六点半到七点左右，我们会起身清洗杯子。对于我来说，这是一个理想的冥想时段，因为我的体内摄入了咖啡因，因此不太容易打瞌睡。到了晚上八点半，我们再次聚集在禅堂，进行和早上大致相同的例行事务：也就是顶礼，吟唱和冥想。正常情况下，我们会在晚上九点左右结束一天的修行。但每周有一两次，我们的老师会在晚上讲课，在这些日子里，我们通常要到将近晚上十点才去就寝。

我对一个晚上尤其记忆犹新。那天在茶歇之后，我独自冥想了一会儿。快到晚上七点时，除了几盏亮光的蜡烛，我的僧寮一片漆黑。我正一个人坐着，突然听到肩膀一侧传来一个声音。说话人是我的一位僧友，他来告诉我，厨房里有人找我。在别人冥想时打扰他的情况极不寻常，所以我自然很想知道来人是谁，但我的这位僧友却不愿透露。于是，我们举起各自的手电筒，在光亮下走回厨房。

从远处看去，我只能看到黑暗中有两个人模糊的身影。

我们走近时，一盏明亮的聚光灯突然亮了起来。刺眼的光照得我什么也看不见，我使劲眨眼，感觉到有人把一个毛茸茸的东西对着我的脸戳过来。我认出，那是一支套着防风罩的麦克风。我抬起头，终于看清了手持麦克风的人。那是一张我认识的面孔，学习了诸多佛慧的我，能想到的唯一一句话却是：

"我在电视上见过你！"原来，来人是瑞典记者斯蒂娜·达布罗斯基（Stina Dabrowski）。

斯蒂娜和她的团队本打算来泰国采访普密蓬国王，但国王临时取消了与他们的会面。瑞典驻泰国领事馆的工作人员告诉她，有个之前当过经济学家的瑞典人，正在泰国边境附近的丛林里扮森林派僧侣玩。斯蒂娜和她的摄影师想要参观我们的道场，希望这能让他们的长途跋涉不虚此行。这两个人和我们共处了二十四小时。第二天早上我们出门化缘时，斯蒂娜也跟着同行，还给我们每人的钵里放了一把香蕉。

早餐后，斯蒂娜和她的摄影师在丛林里找了一个环境优美之处，铺好一张毯子，让我坐在那里接受采访。斯蒂娜对我们道场的看法是矛盾的：从一方面来看，这里似乎是一个相当美好的地方，人们友善、冷静、和顺，互相倾听、彼此帮助。一言以蔽之，这里的人们抱有正念，活在当下。这是一个很容易让人倾心的地方。但从另一方面来看，居住在道场里的人拒绝接受"普通人"在日常生活中重视的一切，无论是下班的小酌怡情还是与朋友的晚餐聚会，再到生儿育女和谈婚论嫁。这样的选择，会让很多人心存异议。

"比约恩，说真的，如果人人都决定出家，世界会变成什么样子？"当斯蒂娜提出这个问题时，占主导的应该正是她心存异议的那一面。

我平静地回答说：

"斯蒂娜，这样的世界，至少要好过人人都立志当媒体记者的世界吧？"

花哨中的智慧

泰国丛林道场里的刺激，少得让人难以想象。很明显，那里没有我们西方人习惯拿来分散注意力的娱乐或流行文化。道场图书馆里最多人读的书籍，是我那位有品位的弟弟在每年圣诞节和我的生日时好心寄送给我的《凯文的幻虎世界》*漫画集。令人惊讶的是，我们当中的许多人都对这套"文学瑰宝"情有独钟。你真该看看这些书被磨损得快要散架的样子！空达诺（Kondañño）僧侣尤其对《凯文的幻虎世界》痴迷。说也奇怪，他对于任何与冥想和佛教相关的事情都**完全**不感兴趣，而只喜欢出家生活中贴合实际生活的事

---

* 美国漫画家比尔·沃特森创作的连载漫画，于 1985 年到 1995 年刊载，人气长久不衰，在学术和哲学上也有一定的影响。——译者注

项，比如搭搭建建或是读读漫画书。

有一天，我正坐在禅堂里等待我的每日一餐。我之前提过，一天禁食二十三个半小时的人，很容易满脑子都是食物，而我想食物已经快要想疯了。我注意到，那天的自助餐里有我最喜欢的菜品，那是一种用椰浆煮制的浓稠糯米，还搭配有新鲜成熟的芒果。于是我坐在那里，蓄势待发、准备就绪。一想到这种甜点，我就尤其难以耐下性子等待，也静不下心对那天赠予我们的食物心存感恩。我一心忙着计算，不知在轮到我之前食物到底够不够分。那时我来道场的时间比较短，因此很多人都会在我之前拿到饭。我有点焦虑地环顾四周，想要把注意力放在食物之外的什么东西上。于是，右手边一只五颜六色的塑料圆筒引起了我的注意。

我们在斯德哥尔摩经济学院所受的教育是，市场经济要想蓬勃发展，就必须有信息的自由流动，以便让所有参与者都能获得相同的数据。从很多方面来说，道场的经济有诸多不完善。我们的出家生活完全靠捐赠、布施和慷慨之举来支撑。我们从来没有要求得到什么，唯一的例外，就是在有人表示要提供帮助并询问最合适的方式时，我们才能做出回应。不过，在大多数情况下，人们只是带来他们认为我们需要的东西。这种做法引出的一个问题，就是导致某些物品严重过剩，卫生纸就是其中之一。我们的卫生纸筒直多得惊人！要为这么多卫生纸想出新的用途，可真是对我们创造力的极限挑战。

道场有位富有的曼谷捐助者，他在一次日本之行中发现，有一种可以罩在卫生纸上的中空塑料圆筒。将卫生纸卷中心的硬纸纸筒取出，就可以从中间的圆孔中抽取适当长度的卫生纸，这样一来，一卷难看的卫生纸，就变成了一台适宜摆上餐桌且方便好用的纸巾分取器。

众所周知，亚洲人，尤其是日本人，对花里胡哨的东西有一种特殊的偏好。上文中提到的那个塑料圆筒，就是一个很好的例子。我坐在那里，被这只亮黄和艳粉相交的凯蒂猫卫生纸卷筒迷住了。

严重缺乏外部刺激的我，把纸筒拿起来仔细观察，想看看上面有没有写什么。这就像我小时候一样，那时的人们还没有手机，大家会在早餐时阅读牛奶盒背面的文字。果然，我的期望没有落空。我很高兴地发现，在纸筒最下端的边缘处，写着几个英文单词。这句话是这样说的：

知识为所知的一切而自豪，智慧为不知的一切而谦卑。

谁会想得到呢！隽永的智慧，竟会出现在一只艳俗的塑料纸筒上。这句话提醒我，不要在笃定的状态中固步自封。如果总是固守于认为自己已经知道的东西，你就会变得冥顽不化，错过许多美好。如果想要汲取更高的智慧，就必须放下自己的一些执念，更加坦然地接受自己的无知。固守"已知"的状态，往往会造成大问题。而接受"无知"的状态，则往往无伤大雅。

如果总是执着于认定已知的东西，我们又如何有新的发现？如何学习？如何拓展延伸，即兴发挥，玩乐探索？如何发现一加一等于三的惊喜？

一个从来没有听过自己内心的智慧之声的人，一个永远被自己的思绪催眠的人，一个总是对自己的理念坚信不疑的人，如果大家想对这种人有所了解，那就让我来举一个具有教育意义的例子。这个例子摘自一部集西方智慧大成的经典作品：《小熊维尼》。

在这段故事情节中，维尼和小猪皮杰一起出去散步。我相信，大家一定可以想象那幅场景：维尼穿着他的红色小T恤，小猪穿着他的粉红色泳衣。两人在兔子瑞比家停了下来，维尼说："瑞比很聪明。""是的，"皮杰确认道，"瑞比很聪明。""他的脑子很灵，"维尼继续说。"是的，"皮杰确认道："他的脑子很灵。"一阵长时间的沉默之后，维尼开口了："我想，这就是他什么都不真正明白的原因吧。"

对此，我们每个人都有同感。那些陷入自己思想迷雾的人，并没有活在当下，也因此被障住了双眼。瑞比或许很聪明，也很有头脑。但如果问我是想过瑞比还是维尼的生活，答案显而易见，至少对我来说如此。我认为，每个人都应当找到自己内心的维尼，像维尼那样面对这个世界：充满好奇地睁大双眼，时时留意，时时觉知。

兔子瑞比这样的人会固守自以为已知的东西，对这种人敞开心扉，很少让我感受到任何乐趣。我常常觉得，他们好像根本没有在倾听，而仿佛满脑子都在盘算着等我终于说完的那一刻要给出怎样的回复。另外，他们也很喜欢不停地评估和审视我所说的话。只有在我的意见和观点证实和符合**他们的**世界观时，他们才会给出认可。这样的沟通，不可能产生任何魔力。换句话说，与这样的人相处，没有什么趣味可言。

相反，那些能够给予我们些许关注的人则会带着通达和好奇倾听，我们都知道对这样的人敞开心扉的美好，不是吗？这个人甚至可以暂时把自己放在我们的立场，与我们并肩同行一段路途。这样的倾听，才是真正的治愈。在这个维度交流，我们可以对彼此产生诸多了解：**哇，看看我用心分享和阐述的样子，竟能说出一些连自己都没意识到的想法、感受和理念，这感觉真棒！** 不带偏见或判断地倾听，可以帮助我们加深对自己的了解。这可不是微不足道的小事，而是求之不得的好事。

读到这里，想必大家都已经注意到了，我非常喜欢听故事。我不知道下面这则故事的出处，但还是想跟大家分享。这是一则关于某人爬山的故事。他爬山爬到了半山腰，看到了山势的陡峭。这条路又窄又滑，路中间有一块特别光溜的圆石头。这个人没看清楚，于是踩在上面，因脚底打滑而从山崖边跌了下去。他伸出双臂，拼命想要抓住什么。神奇的是，他成功地抓住了一棵从岩石上水平伸出的小树，就这样挂在了树上。

这是一个之前对精神灵性无甚兴趣的人，也从来没有表达过任何宗教信仰。时间一分一秒地流逝。渐渐地，他的手臂失去了力气，开始颤抖起来。他的身下是四五百米的深渊，一旦松手，他就会从四五百米的高空坠落。最后，他意识到自己撑不了多久了，开始恐慌起来。他灵机一动，望向天空，试探着问道：

"喂？上帝？您能听到我说话吗？如果您真的存在，我现在急需一点帮助。"

过了一会儿，一个深沉而威严的声音从天空中传来：

"我就是上帝。我可以帮你。但是你必须完全按照我说的去做。"

那人回道：

"什么都行，上帝，您说什么我都照做！"

上帝说道：

"放手。"

这个人想了几秒钟，然后说：

"呃……天上还有没有其他人可以跟我聊聊？"

这个故事让我深有同感。因为，每当我发现自己陷入某种执念的时候，这就是我的**真实写照**。我笃信某个想法必定**正确，因此怎么也不愿放弃**。

我们都会在某些时候陷入这种所谓的"逻辑"之中。尤其是在情绪低落的时候，我们更要坚守某些固有的观念。或许我们会想起曾在一本书中读到，人们很容易低估思想所能造成的危害，低估有害的观念能够造成多少不必要的精神折磨。但是到了下一刻，我们却又会在心里嘀咕："**没错，这**

话听起来是挺有道理的。但是，我对这个念头就是放不下。这是真理，是千真万确的真理。"

是的，从你当时有限的视角来看，这个念头的确无可置疑。但是，这样的固执，会对你造成**怎样的影响**呢？

练习放手是我学到的最重要的一课，其中蕴含着深刻的智慧。越是学会放手之道，我们就越能受益匪浅。想要摆脱那些伤害我们，让我们感到渺小、无用、孤独、恐惧、悲伤、愤怒的观念，唯一的方法就是放手，**即便**这些观念是"对的"。显然，这件事说起来容易，做起来困难。但我们要切记，到头来，往往是那些最难以释怀的观念，会对我们造成最大的伤害。

神奇的曼特罗[*]

　　每周一次，我们会进行通宵冥想。虽然时而也会穿插吟唱和顶礼，但我们几乎整晚时间都是在静默冥想中度过的。这有点像佛教中的周日礼拜，是一种较为庄重的场合。我总是怀着喜忧参半的心情期待着这样的夜晚。之所以喜悦，是因为这样的体验非常美妙。之所以忧惧，是因为保持清醒对我来说实在是太难了。

　　其中的一个夜晚，让我记忆深刻。那是一个满月之夜，夜空明净，无风无云。我们聚集在美丽的禅堂之中，禅堂的窗口非常宽大，并且没有安装玻璃。外面的丛林带来了各种各样的声音：鸟鸣、虫鸣，还有动物走动时树叶的沙沙声。熟悉的熏香和万金油的味道忽来忽去。几百支蜡烛照亮了禅堂，堂中装饰着美丽的莲花，还有两大尊闪闪发光的黄铜佛像俯视着我们。大佛约有三米高，每周，在夜间冥想的前一

---

* 即语音冥想。"曼特罗（mantra）"为梵语词，类似于冥想期间念的咒语。其中"曼"的意思是"心灵"。"特拉"的意思是"引开"，指一种把心灵从世俗烦忧等引开去的语音。——译者注

天，三十位僧侣会用巴素擦铜水*将大佛的每一寸都擦得锃亮，让佛像在烛光下显得更加金光闪闪。

僧人和信众涌入禅堂。最后，大约有一百五十人盘腿坐在地板上冥想。好吧，我坦言，其他一百四十九人应该都在冥想，而对我来说，夜间冥想无异于一段笼罩着羞愧的漫长练习。虽然我拼尽全力保持清醒，但仍感觉不打瞌睡几乎是不可能的。我觉得，自己的模样估计有点像夜晚的一叶扁舟，在疲惫中摇来摆去。

很讽刺，不是吗？我为到这里做了多少牺牲呀！我放弃了前途大好的事业，放弃了所有的财产，远离了我的亲人朋友，这一切，都是为了能来泰国当一名森林派僧侣。然而，对于这件僧尼们本应投入**大量**时间去做的事情，我却显然做不到。

好在，到了午夜时分，情况开始好转。这时，一位曾是爵士钢琴家的美国沙弥，端来了几只铝制的大锅。在过去的一个小时里，他和其他几位沙弥一起，为我们煮制了浓郁而甜美的咖啡。我们这些居住在道场的二十位僧侣坐在美观而通风的禅堂一侧，几乎每个人都来自不同的国家。我们带着敬畏之心品尝着咖啡，有人开玩笑说，这位沙弥的咖啡技艺

---

* 巴素擦铜水是一种金属擦亮剂。——译者注

了得，注定要成就一番伟业。

最后，我们的老师走到禅堂前，开始晚间的讲座。我的第一任住持阿姜帕萨诺此时已经离开泰国，在美国开办了一座新的道场。他的继任者是来自英国的阿姜袈亚裟柔（Ajahn Jayasaro），也是一位同样优秀的僧侣。他在地板上坐下，整了整自己的赭色袈裟。阿姜袈亚裟柔拥有海纳百川的心灵和锐如刀锋的头脑，且能在心脑之间畅通无阻地沟通。

无论是僧侣还是信众，禅堂里的每个人都全神贯注地侧耳倾听。阿姜袈亚裟柔是一位高超的演讲者，这天晚上，他的开场白语惊四座：

"今晚，我想送给大家一句神奇的曼特罗。"

我们都吃了一惊。因为众所周知，森林派传统杜绝一切与魔法和神秘主义相关的事物，认为这些事物毫无价值。用近乎完美的泰语，阿姜袈亚裟柔继续语气平缓地说道：

"下一次，当你感觉到矛盾正在酝酿时，当你觉得和某人之间要起冲突时，只需用任何你喜欢的语言，真诚而坚定地对自己重复三遍这句曼特罗，这样一来，你的忧虑就会像夏天清晨草地上的露珠一般蒸发消散。"

每个人都被他牢牢吸引。全场鸦雀无声，每个人都竖起耳朵，迫不及待想要听他接下来要说的话。他稍微向前倾了倾身，为了增加效果而稍作停顿，然后说：

"好的，大家准备好了吗？这句神奇的曼特罗就是：

我可能错了。

我可能错了。

我可能错了。"

那个夜晚已经过去二十载，但我至今仍会偶尔记起。或许大家也明白这种感觉：在大脑能够解析某个真理之前，身体早就理解了它并做出了反应。这样的真理会深深印刻在我们的身体之中，永不磨灭。

话虽如此，但我必须直言不讳地承认，在最需要记起这句曼特罗的时候，我却偏偏做不到。但是，一旦我能想起它来，这句曼特罗总能发挥作用，推动我朝着更加谦逊和积极的方向前进。显然，这种智慧是永恒的，且不从属于任何具体的宗教。

我可能错了。如此简单，如此真实，又如此容易忘记。

我的妻子伊丽莎白曾经参加过我的一次讲座，那次，我讲述了一段关于这句神奇曼特罗的故事。第二天早上，我们在吃早饭时为一件事吵了起来。我内心中那个顽固的四岁小孩有时非常急于露头，因此，我会允许自己为一些鸡毛蒜皮的小事而生气。当时的我，其实在怒气酝酿时就已**明知**自己的立场站不住脚，知道自己完全没有有力的论点。我知道为这种事闷闷不乐的荒谬，但还是任由怒气发展下去，无法像我希望的那样马上放下。好在，我有一个比我更加周全、情感更加成熟的妻子。带着一丝幽默，她用平静的语气说："比约恩，现在是不是一个好时机，正好试试你昨天说的那个曼特罗？"

餐桌上摆放着早餐的鸡蛋，坐在另一侧的我，放任心中那个四岁小孩把嘴噘得高高的，振振有词地嘟囔着："不，我现在用的是另一种曼特罗：错的可能是**你**。"

我这么说，当然有点插科打诨的意味。如果大家心中存疑，觉得这句曼特罗未免太过简单，我也能理解。但我得告诉大家，想要保持这种谦卑的态度可不容易，尤其是在情绪激动的时候！在这个星球上，有哪个人的小我能够轻松自然地承认："我可能错了"？

答案是，谁也做不到。

但生而为人的我们，是否有希望达到比小我心胸宽广、能够意识到自己**可能**错了的境界？

答案是肯定的。

想象一下，如果大多数人在大多数时间都能想起自己可能是错的，这个世界将会是什么模样。想象一下，我们的对话会怎样展开。

八百年前，波斯的苏菲派大师鲁米就曾说过："在是非对错的观念之外，有一片田野。我将在那里与你相会。"我深信，在我们之中，有越来越多的人渴望到那片田野中与彼此相会。

记得有一次，在我出家生活的中后期，我搬到了英国的一家道场里，因为一些事情和某人争吵。我们伟大的住持阿姜索西托（Ajahn Sucitto）看着我，说："争出对错，永远不是重点。"

可不是嘛！只不过，想要争出对错的念头在我们心中早已根深蒂固！但是，没有人需要一开始就擅长自己从未练习过的事，人人都有尝试的权利。我们天性喜欢尝试能够提升幸福感的做法，碰巧的是，在保障这种幸福感上，很少有什么方法要比缓慢而坚定地接受这个理念更有效的了：**我可能错了，或许，我并非无所不知。**

我们习惯于认为自己了解眼前发生的事情，觉得我们可以准确地解释事件和周围的世界，以为自己能做到**明明白白**。我们觉得自己能判断事物是对是错，是好是坏。我们容易认为，生活应该按照我们想要和计划的样子展开，但现实却往往事与愿违。实际上，现实很少能够遂愿。不期望生活按照我们的想法或感受发展，认识到我们本质上的无知与蒙昧，这是一种智慧。

焉知非福 /14

　　我最喜欢的一个故事，是一则来自中国的寓言。我第一次听到这个故事，是在另一次夜间冥想期间，讲故事的人，是我们的英国住持阿姜袈亚裟柔。和往常一样，有很多人亲自来道场参加冥想，有的人来自附近村庄，有的人则远道而来。写到这里，我应该说明一下，阿姜袈亚裟柔在泰国非常受欢迎。他在很年轻的时候便出家了，当我来到道场时，他已经出家十年了。他可能只比我大五六岁*，但当时，他已经在佛教界赢得了相当大的名声和尊重。他创作了几本广受认可的佛教书籍，是一位人气很高的冥想领袖，由于时而上电视，他也在大众之中获得了声誉。

---

* 阿姜袈亚裟柔为 1958 年生人，作者为 1961 年生人。——译者注

阿姜裟亚裟柔尤其受泰国航空公司员工的喜爱。他们中的一些人会从曼谷飞到道场所在的这个小镇，和我们一起整夜冥想，第二天早上再乘早班飞机回去上班。试着想象一下这幅画面：二十五到三十名僧侣，全是**彻底**奉行独身主义且正值性欲旺盛年龄的男性。我们坐在禅堂一侧齐膝高的平台上，在斜前方的地板上，盘腿坐着八到十位**如花似玉**的泰国航空公司空姐，一派泰然而恬静的模样。

仍在挣扎着不让自己昏睡过去的我心中痒痒的，好想看看那些空姐，只偷瞄一下也行。当然了，下一秒，我便开始责备自己："**拜托，比约恩。你不是个出家人嘛，本该用来冥想的时间，怎么能用来偷看美女呢？争点气吧！**"但是，我仍然止不住地和自己争论，坚称这种欲望的根源不在我："**根源出在生物学上，或是确保物种生存、把我们从人类起源的非洲大草原带到当下的机制。这种机制是积极正面的，能够维持生命所需，不存在任何问题。佛教很通人性的一点，就在于不让我们因为基本的生理冲动而感到羞耻。不用担心。这是完全自然的！所以，如果我只是稍稍瞥一眼，可能也没人会注意到吧？**"

我允许自己朝着空姐的方向瞥了一微秒，感觉自己做得滴水不漏："**不可能会有人注意到的。也许，再稍稍多看一**

小会儿也无妨？"

随着冥想的进行，时间似乎过得特别慢。许多信众都笔直地坐着，保持着警觉而泰然的坐姿，而我却拼命与睡魔做着斗争。除此之外，我还在拇指和食指之间夹了一根缝衣针，帮助我保持警觉和清醒。我原本计划，一旦开始打瞌睡，肌肉开始放松，针刺的痛感便会让我醒过来。但是，这招根本没用，即使被针刺到，我也照睡不误。最后，无法保持清醒的我干脆决定改用行禅，因为一般来说，比起坐禅，我比较擅长行禅。于是，我移动到禅堂后面冥想，这才发现即使直立着，我也照样能睡着。在膝盖一软、正要着地时惊醒，这绝不是一种愉快的体验。

但是，受困扰的不只是我一个，其他几个可怜的人也在同样的苦海里挣扎。其中有一位来自美国的僧侣，他的绝望跟我相比简直有过之而无不及。他甚至回到自己的僧寮里取了一段布，回到禅堂后，他走到堂后的一根柱子前，把布搭到柱子上部的壁挂式风扇上。他抓住悬着的布的两端，系成一个小圈，把头伸了进去。这样一来，他就可以继续站着冥想而不至于栽倒了。

在常来的信众中，我最喜欢的一位，是个可爱而端庄的老妇人。她已经年过耄耋之年，虽然是个在家居士，却从不错过通宵冥想。她那花白的头发总是向后梳成一个大大的发髻，脸庞圆润慈祥，而且**容光焕发**。看起来，她总带着一股仙气，那模样极为温婉优雅。令人叹为观止的是，她总能撑过整夜冥想，即便背挺得像扫帚把一样笔直，也丝毫没有僵硬态。

那天晚上，那位女士离开禅堂去洗手间，出去时从我们身边经过。等她回来的时候，她稍稍打量了我们一下，然后便径直走向禅堂前的住持，在他面前跪下。打扰正在冥想的人被视为不礼貌之举，因此这种场景极不寻常。但她还是跪在住持面前，轻声说："原谅我，很抱歉打扰您，但我必须这么做，因为我觉得禅堂后面的那位美国僧侣快要把自己弄死了。"

午夜时分，沙弥们端来热饮，咖啡让我稍稍清醒了一些。然后，终于到了我们的老师讲课的时间。这与基督教传统中的礼拜日布道很相似，我们中有很多人都满怀期待，而我也不例外。对我而言，阿姜裟亚裟柔是一位伟大的榜样，给予了我诸多启发和灵感。他一开口说话，我就希望整个世界都静止不动、阒寂无声，连一个字都不想错过。

阿姜裟亚裟柔带着自信和笃定开始了他的讲座。在通常情况下，道场的工作语言是英语，但由于有许多当地人参加通宵冥想，这些讲座必须用泰语进行。阿姜袈亚裟柔已将泰语掌握得游刃有余，我经常利用他的讲座来练习我自己的泰语。因为他是英国人，所以说话要比当地人稍慢一些，咬字也更清楚。

那个夜晚，阿姜袈亚裟柔给我们讲了一个听起来有点像童话的故事，这是一则来自中国的古老典故*。他描述了一个中国的小村庄，村里住着一位智者和他已经成年的儿子，他们有个爱说闲话的邻居。

智者和他的儿子有一座小农场，由几块稻田组成。为了耕作，他们养了一匹驮马。一天，那匹马跑出农场，进了森林。爱说闲话的邻居从篱笆那边探过头来，感叹道：

"哎，真倒霉！你们昨天还有一匹马，现在却失了马！没有一头役畜，你怎么经营你的农场呢？真是不幸！"

这位睿智的农夫用一句近似泰语 "Mai nae"**意思的话回答了他。这句话的意思有点像"谁能说得清楚呢"。我喜欢把这句话翻译成"焉知非福"。

几天后，那匹马自己从树林里回来了，还带来了两匹野马。三匹马开开心心地穿过大门，走进田里。农夫在马儿身

* 原典故为《塞翁失马》，出自西汉刘安等撰写的《淮南子·人间训》，细节稍有变动。——译者注
** 英译写法。——译者注

后关上栅栏门，却发现那个爱管闲事的邻居又探出了脑袋。

"哎呀！昨天你们还没有役畜，今天就有了三匹马。可真走运！"

睿智的农夫平静地回答：

"Mai nae。焉知非福。"

过了一段时间，到了驯马的时候。农夫的儿子接过了这个任务，但没过多久，他就从一匹马上跌了下来，摔断了腿。那个喋喋不休的邻居又发话了：

"哎呀，不好！这可是你唯一的儿子，是唯一能在田里帮你搭手的人呀。他的腿一断，可就没法在田里干活了。真是不幸！

农夫回答说："焉知非福。"

不久之后，人们看到军队的军旗在周围的山峦外随风飘扬，军队正朝着村庄行进。原来是胡人边境爆发了冲突，所有适龄男子都要加入军队，与胡人作战。农夫的儿子因为摔断了一条腿，所以躲过兵役，可以留在村里。爱说闲话的邻居又一次冒了出来，说：

"想想吧！其他人的儿子都上了战场，其中很多人注定再也回不来了，但你却能把自己的儿子留在身边，多走运啊！"

农夫仍说："焉知非福。"

这位农夫不相信人能判断生活中发生的事情是好是坏。放开对这些信念的执着，既是一种解放，也是智慧的标志。谨记我们对未来所知甚少，客观地将**所信**与**所知**区分开来，能够让我们受益匪浅。我很少听人说："一切事物的发展都在我的意料之中。"恰恰相反，至少我不得不承认，我一生中担心的大多数事情都不会发生。而大多数确实发生的事情，也完全在我的意料之外。

鬼魂，苦行和悲伤 / **15**

在森林派传统中，僧尼会尽可能地在森林或丛林中生活。与此同时，他们所需的食物完全依赖于他人，这意味着他们不能在距离文明太远的地方离群索居。因此，大多数道场都设在一个或几个村庄的附近。而所谓的"火葬林"便成了尤其适合设立道场的地点，因为它们周围的森林通常能得到精心的维护和照料。我们的道场，就建立在一片火葬林的旁边。

这些火葬林，是泰国一般村庄用来焚烧死者遗体的地方。每个月一次或几次，村民们会运来一口敞开的大棺材，并将其放在一个专门为这种火化堆起的土墩上。他们会在棺材下点燃一堆火，然后看着遗体燃烧。这样的场景我曾目睹过多次，而这种形式，也有助于将死亡塑造为生命中一个较为自然且需用心体验的组成部分。

火葬林之所以是搭建道场的合适地点，原因不仅在于环境的优美。许多泰国人对鬼魂抱有一种近乎可笑的恐惧，这也确保了道场里的居民能够享受一定程度的清净。村民们相信鬼魂会出现在火葬林，或者常在火葬林附近游荡，因此大多数人都不敢靠近，尤其是在夜里。

记得有一年的二月份，我们像往常一样，离开酷热难当的泰国东北部，前往泰缅边境更加凉爽的高原丛林。我们的巴士停在北碧府外的一个村子里，那里的村民们正焦急地等待着我们的到来。原来，让人毛骨悚然的尖叫声让村民们夜不能寐，而这里的"鬼魂"，竟是用英语惨叫的。原来，村里有一个可以追溯到二战时期的万人坑，里面葬着许多盟军士兵的尸体。作为战俘的他们，是在修建"死亡铁路"和桂河大桥时在此丧命的。我们这二十来个大多来自西方的森林派僧侣，在万人坑前站成一圈，用礼仪语言巴利语为亡者诵经和唱诵传统佛偈。然后，时任住持的阿姜袈亚裟柔用英语与鬼魂直接对话："我们为和平而来。你们夜里的嘶吼，吓坏了村民。你们现在已死，这里没有你们需要的东西，该继续前进了。平平安安地去吧。"

不知为什么，我们只需做好这些就已足够。这一招果然奏了效。鬼魂不再嘶吼，村民们得以继续回到正常生活之中，我们也一样。

每年，我们都会在高原丛林中度过两个月的时间，那是我最能感觉自己与大自然融为一体的时光。当巴士再也无法继续前行时，我们会花上几天的时间，徒步走完最后一段路程。一群缅甸的外籍劳工已经在丛林里给我们做了竹床。竹床分散得很开，这样一来，我们在自己的床上便有了隐私。

到了晚上，蚊帐是我和丛林间的唯一屏障。我能听到昆虫的足部在单薄的蚊帐顶发出的啪嗒声，蟋蟀的唧唧声，还有树叶中传出的莫名簌簌声。坐在那里冥想时，我有时真觉得自己就像盘中的肉丸，等待着什么人或东西把我吞噬下肚。

一天晚上，一位来自荷兰的僧侣在河边遇到了两只老虎。幸运的是，当时老虎已经吃饱了。但这位僧侣自然还是吓得魂飞魄散，以双腿能承受的最快速度逃跑了。在那之后，我们没少拿"飞翔的荷兰人"*这个梗开涮。一天晚上，

---

* 也叫"漂泊的荷兰人"，指传说中一艘永远无法返乡的幽灵船。最古老的传说版本源自18世纪晚期。——译者注

我听到周围有什么东西轰隆作响，但我只是翻了个身，继续睡觉。第二天早上，我们在离我的小床不到二十米的河边看见，四处都是大象留下的脚印。

一天，我们在高原丛林里吃完饭，有人请我们帮忙搬一尊巨大的黄铜佛像。山顶上建好了一座小宝塔，要把佛像请进去。有人开了一辆带绞盘的路虎，有人铺好圆木，把佛像滚上车。缅甸人干劲十足地开始行动，泰国人撸起袖子加入其中，许多僧侣也在帮忙，而我们这几个西方人则远离骚乱，站在一边指指点点。我们提出了一些可以更加快捷省力地完成任务的方法，而住持阿姜裂亚裟柔却把手放在我的肩膀上，说："纳提科，我们做这件事的效率不重要，重要的是大家在做完事后的感觉。"

清晨，我们会步行下山，用一点时间在山谷中化缘。长臂猿在树冠上长啸，半驯化的犀鸟已经在等着分享我们的剩菜了。这座村子很穷，所以在这段时间里，我们每天的伙食都很简单。有的时候，我们差不多只能吃到米饭和香蕉，偶尔有点罐头沙丁鱼。从许多方面而言，这里的生活甚至比平常在道场时还要艰苦，而我也从来没有被迫在如此严苛无情的处境下面对自己。而这段时间给我的经历，也让我此后的人生丰富、充实了许多。

出家的第二年，我选择去了泰国和柬埔寨边境的一座非常贫穷的丛林道场，成了那里唯一的一个西方人。我们时不时会听到远处地雷爆炸的声音，通常是被牛或羊触发的。

阿姜查曾经说过："作为一名森林派僧侣，就要努力学会放手，也敢于在练习放手的过程中面对十有八九的失败。"我每天都会想到这句话，尤其是在吃饭的时候。化缘之后，我们把所有的主菜都交给了阿姜班庄（Ajahn Banjong），然后，他便将所有东西都倒入一个大桶里，把（上面还粘着毛发的）水牛肉片与沙爹鸡肉和干鱼混在一起。"嗨，药食同源嘛。年轻的僧侣放弃对食物的偏好，是有好处的，"阿姜班庄总是这样振振有词。

相信大家都能理解，那一年，我出于无奈吃了很多水果。

在三个月的雨季期间，我们比平时更加专注于冥想。阿姜班庄决定，在晨间冥想时，我们都该在头上放一盒火柴。谁让火柴掉下来超过两次，那一天就只能吃米饭了。对于像我这种声名狼藉的瞌睡虫来说，这无疑是一个严峻的挑战。但是，那一年的整个雨季，整天只能吃上米饭的状况在我身上只发生过一次。我在火柴盒的一面粘了一块粗布，还学会了用上半身前倾、抬着下巴的姿势睡觉，不用说，这几招也功不可没。

在出家的第四年，我再次受邀到一家没有其他西方人的道场度过一年，于是欣然接受了这个机会。这座道场位于曼谷机场附近，刚建成的时候，周围除了稻田什么都没有，但在我十年后到达这里时，道场的周围已被城郊包围了。从我简陋的僧寮里，可以直接看到离得最近的排屋里的厨房。何止厨房，只要有人打开冰箱，里面的内容我也能一览无余。那沁凉的胜狮啤酒，看起来尤其让人垂涎。

在这一年的时间里，一种刻骨铭心又难以言喻的悲伤在我的胸中越发强烈。我不理解原因，也不知道自己是为何而悲伤。我试着让自己去感受它，努力去接受它，跟它对话，设法用耐心处之。但是，无论我做什么，似乎都不管用。这股悲伤仍然一如既往地盘踞在我的胸口，吸干了我生活中的快乐。

一天下午，在茶歇之后，我觉得自己已经到了崩溃的临界点。我已无法像以前那样继续坚持下去，感觉再也无望找到快乐。于是我走回自己的僧寮，小心翼翼地挂起我的袈裟，点燃几根香，跪倒在我的青铜佛像前。我双手合十放在胸口，用简短但充满感情的话语对佛像诉说："我没法抵御这悲伤。这股悲伤，要比我强大。我已走投无路了，请帮帮我吧。"说完，我便开始一次接着一次地顶礼。

渐渐地，渐渐地，这股悲伤开始转移。我没有反抗，只是任之将我淹没。我的眼里溢满了泪水。一开始还有所迟疑，后来便逐渐喷涌而出。我仿佛浑身都在呜咽、颤抖和抽泣，但我仍然只顾顶礼。过了一会儿，泪水的奔涌缓慢了下来，我意识到，内心的一部分被平静和求知所占据，觉知着这股苦闷的宣泄。然后，我的眼泪完全流尽，我用一双全新的眼睛环顾四周。一切都蒙上了闪闪的微光，仿佛很久以前的那个早晨，我在卡尔斯克鲁纳祖父母的房子里看到的那样。我再次寻回了觉知，被一股平和所笼罩。这次直面内心绝望的经历，竟成为我再次打开快乐之门的钥匙，让我的心中充满了敬畏。

自己造成的心理痛苦 / 16

　　我们人类经历的大多数心理痛苦，都是**自愿**的和**自己造成**的。这是佛陀最伟大的一个发现。心理痛苦是人类发展过程中一个无法跳过的阶段：每个人都经历过，也完全符合天性。正因如此，我才会反复强调：我们会相信那些自我伤害的念头，那些让你我的生活变得艰难沉重、纷繁复杂的念头。

　　无论是从显意识还是潜意识来说，我们的内心某处都明白，生活中的很多困难都是由我们自己的想法造成的。从很大程度上而言，我们的心理痛苦并不是由外部事件引起的，而是源于我们**内心**的心理活动，也就是那些不断冒出、我们可以自行选择是否相信的念头。从这些念头之中，我们的痛苦生发而出。只要我们允许，这些痛苦便会持续存在，不断壮大。

心理痛苦虽然是自己造成的，但这并不代表它没那么痛苦。完全不是如此。但是，学会理解这种痛苦，却能让我们通过一种全新的视角审视问题。我认为，这就是我们不该相信自己每个念头的主要原因。

想要得出这样的觉悟并非易事，因为这需要我们具备极大的谦卑之心。我们再也不能把错误推脱给他人或环境，但是，这种做法也能激发起我们的好奇心：我应该怎么做，才能用一种**不给**自己造成太多痛苦的方法，来审视自己心中的想法和感受呢？

人类心理的某个层面非常喜欢把一切都归咎于别人：**"如果我的父母能有所改变，如果同事对我不那么刻薄，如果政客们能做出更明智的决定，那该有多好。"** 这种心态一点都不奇怪，我们也无力控制，因为这是我们的小我存在的一个基本因素，再自然不过。在生活中遇到难事，面临心理压力时，指责他人也会变得更加容易，因为这让我们觉得自己没那么脆弱。然而，即使不愿面对，我们最终还是要对自己提出这个不可避免的问题："**此时此地我能再做些什么，让自己在这种境遇中感觉不那么糟糕？**"

世界将一如既往地转动。没有别的人或事有义务改变，好让你我的生活轻松些许。因为当我们感到压力、悲伤、孤独、焦虑、渺小和不足时，这些感觉通常是由我们执着固守、拒不放弃的某些念头引起的。这些念头往往都有充分的理由，而且往往包含"应该"这个词：**爸爸不应该那样做。妈妈不应该那样说。我的朋友应该记得。我的孩子们应该用心。我的老板应该理解。我的伴侣应该换一种说法、心态或是思维方式。**

而在所有这些念头之中，最伤人的莫过于"我应该有所不同"了：我应该更聪明、更努力、更富有、更优秀、更苗条、更成熟。有的时候，我们可能会永远深陷其中，无法自拔。

但是，你也可以选择从这个漩涡中缓缓走出，带着一抹微笑回应：

"谢谢你的建议。我们再联络。"

一个隐士能喝多少百事可乐？ / **17**

在泰国的第七年，也是我在那里的最后一年，我过着隐士的生活。父母像往常一样在二月份来看望我，我们一起去了庄他武里*的一个国家公园，他们陪我上山。走了二十分钟，我们来到一间竹茅屋，这将是我接下来十二个月的落脚处：一间坐落在丛林之中的破旧、腐烂、漏水、被季风腐蚀的竹子搭建的小屋。

竹茅屋的面积只有六平方米，天花板之低矮，让我几乎直不起腰来。父亲露出忧虑的神色，但通情达理如他，什么也没说。

那天下午，我们回到了父母所在的酒店房间。我洗了两

---

* 泰国东部的一个府，也称尖竹汶。——译者注

年来的第一个热水澡，细细享受着每分每秒。然后，我便要回到新家，度过在那里的第一个夜晚了。那时，一场风暴刚刚席卷泰国，就在我离开之前，酒店还停电了。等我来到山脚下的丛林时，天已经几乎完全黑了。天下着倾盆大雨，不知为何，我的手电筒就是打不开。我听到，狂风在我周围撕扯着树木，巨大的枯枝坠落在地上。我意识到，地面上一定有许多和我一样提心吊胆的蛇。于是我清了清嗓子，一边沿着几乎看不见的丛林小径一步一步地向前走，一边高唱着佛祖教我们的防蛇咒。

白天只走了二十分钟的路程，现在我却花了将近一个小时，但最终，我还是回到了自己的竹茅屋。我浑身湿透，满身划伤，心里既兴奋又冷静。我点燃了佛像旁的蜡烛，躬身行礼。

在此居住六个月后，在我所在的国家公园山脚下的村子里，有一个男人离世。一个月有一两次，我都会在村子里吃我的一日一餐，并用磕磕绊绊的泰语分享我对佛教的理解。在此期间，我与这位男子彼此相识相知。在遗嘱中，那个人留了一笔巨款，想要翻新我的隐居处。他人生的一个遗愿，就是让到访的僧尼有一个更好的栖身处。他的赠礼让我心怀喜悦，也希望这份赠礼能给他本人带来更多的欢喜。

我得到许可，可以自行设计新的竹茅屋。最奢侈的部分，是挂在窗户上的蚊帐，允许人站直身体的房高，还有室外一条上有遮挡、用来行禅的十步小路。

在森林派传统中，僧侣们每个月剃两次头发：新月一次，满月一次。通常，僧侣之间可以相互剃头，但身为隐士，我显然必须自己动手。好在，父母刚刚给了我一个可挂式盥洗用品包，所以我就把包挂在小溪旁的树枝上，把包打开，然后用尼龙搭扣将一面小镜子固定在上面。我蹲在溪边，在头皮上打好泡沫，然后拿出剃刀剃头。

有一次剃头的时候，我用了比平时更长的时间端详起镜中的自己。像往常一样，我已经有两周没有看到自己了，于是，我用挑剔的眼光打量起自己的脸来。我一向不喜欢自己脸颊和鼻子上粗大的毛孔，还有那因痘印而至今斑斑点点、凹凸不平的皮肤。我希望自己的皮肤能像泰国人一样，质地更加光滑，色调更加均匀。还有我那鼻尖处呈鹰钩状的鼻子，看上去难道不可笑吗？

不难想象，在隐居期间，我有大把的时间与自己的念头共处。当我坐在那里，不无挑剔地打量自己的面孔时，心中的某个声音在低语：**"真是奇怪……我感觉，我的心地要比我的长相美多了。"**内在美，这个词用得真好。那时，我已经度过了七年在道德上完全无可非议的生活。我没有故意伤害过一只蚂蚁，也没有做过或说过任何让自己良心不安的话。通过冥想，我成了一个更具正念的人。我努力从自己身上发掘出许多人类最美好的内在特征：比如乐善好施、同理心、耐心和悲悯心。就这样，我的内心变得更美了。

我的隐士小屋在一座山上，山脚下有一个小村子，村里只有一条街道。不用说，那些每天在我化缘时给我食物的村民都成了我的朋友。不久之后，我们之间衍生出一种奇特的互动。他们会试着弄清楚我喜欢吃什么，而我则努力做一个本分的森林派僧侣，不表达任何偏好："Alai godai!（什么都行）！"我会用那种让我日渐迷恋的独特泰语语调，给出简单的回应。

每次餐毕，我都会在竹茅屋旁的潟湖里清洗我的钵，把吃剩的饭菜倒给鱼儿。游过泳后，我会一边任一小泓瀑布按摩背部，一边让小鱼啃食我脚上和腿上的死皮。

这可能要数我一生中**最快乐**的一年了，个中原因，我至今仍然说不清楚。或许，正如老师阿姜裟亚裟柔在那年寄给我的明信片上所言：

在我看来，更纯粹的幸福形式，其特质在于'无'，而不是'有'。

就这样，日子一天接一天、一周接一周、一月接一月地过去，直到一整年的时间过完。渐渐地，一个决定在我心中成形：是时候回到欧洲了，这将是我七年来第一次踏上这片故土。我听说，英国南部有一座森林派传统的道场，那里不仅有一位非常贤明的老师，还有几位**尼姑**呢！此外，我一直对英国有种特殊的迷恋，因此，那里是个自然而然的选择。再说了，距离家人近一些，显然也很不错。

　　在一年的隐士生活接近尾声时，我决定在返回欧洲之前进行最后一次朝圣之行。在我看来，这会为我在泰国的岁月划上一个美好而意义深远的句点。于是，我步行了大约五百公里的路程，回到最初的那座道场。一来表达对过去一切的感激之情，二来也作为给老师的一份礼物。

　　这段长途跋涉并非一路无阻、毫无挑战。我要背着所有家当，穿着塑料凉鞋，身无分文地走完五百公里的路程。除了相信会在路上遇到好心人，我别无他法。

　　或许与大家的想象有所出入，但我并没有穿过葱郁的森林和美丽的丛林。即使是在泰国，大部分的树木也都惨遭砍伐。留下的许多树木都是单一树种，让我很难摸清方向。因此，我大部分时间都会沿着公路行走。在大多数的日子里，每天大概会有十几辆车停下来，我们的对话大概会这样展开：

"哇，这种返璞归真的生活可真酷。我们能帮助你吗？要载你去什么地方吗？"

"不用了，谢谢你们，我已经承诺自己，要走完全程。"

"我们能给你点钱吗？"

"不用了，我是森林派僧侣，我们不用钱。"

"好吧，但我们总能为你做点什么吧？至少给你点吃的，这总行吧？"

"很抱歉，不用了。我相信你们应该知道，按照森林派的传统，我们一天只吃一顿饭，我今天已经吃过了。"

"拜托你了，就让我们帮你做点什么吧？"

"嗯……来瓶百事可乐怎么样？"

就这样，我的血液里流淌着八到十瓶百事可乐，然后一公里接一公里地走下去。有时，我会在心中纳闷，这到底算不算是佛陀所说的梵行。走了几天之后，天开始下起瓢泼大雨。我在路边的一家小杂货店里避雨。杂货店的地板是用水泥铺成的，我找了一只装碳酸饮料的板条箱坐在上面，引得小店里和周边的人们一阵骚乱。在这片区域，来自西方的森林派僧侣是极不常见的。他们开始向我提出各种各样的问题：

"你出家多久了？"

"到现在已经七年了。"

"哦。你上了几年学呢？"

"嗯，总共算起来，大概有十六年吧。"

"你有几个兄弟姐妹呀？"

"我有三个兄弟。"

过了一段时间，我发现他们的问题中含有一种规律。第一，他们会把我所有的答案都记下来。第二，所有的答案都与数字有关。这件事有点蹊跷。后来，我恍然大悟：**"彩票明天就要开奖了！"** 泰国人普遍认为，在森林里打坐冥想的僧尼能够连接超自然的力量。

大雨在半小时后停歇，我又能继续踏上旅程了。过了一会儿，我遇到了一位一身白衣的慈祥老人。我一直无法习惯泰国人对我们这些僧侣的礼遇，而来自长者的恭敬就更显荒唐了。这一天也不例外。那位老人靠近我，说道："噢，能遇到一位高贵可敬的森林派僧侣，在下真是深感荣幸。尊敬的森林派僧侣呀，您最近有没有做过什么有趣的梦啊？梦里是否出现过数字呢？"

这种恭敬和自利的结合，真是太可爱了！

在旅途的后期，我遇到了一个骑摩托车的英俊年轻人。他看到我，便把车停在路边，和我攀谈起来。

"哇！一位来自西方的森林派僧侣，我还是头一次见到呢！你想去哪儿？让我载你去！"

"谢谢你，但问题是，走这段路对我而言是一种修行。我已经承诺自己不搭任何车，一路靠步行走回我的道场。"

"我明白，但事情是这样的，我最近做了点蠢事，需要积点善业福报。难道只是把你载到下一个村子也不行吗？"

"对不起，实在不行。这样一来，我就违背了我的承诺了。"

听了这话，他看着我说：

"你这么做，是不是有点自私呢？"

我笑而不答。但他铁了心要说服我：

"拜托啦。一百米总行吧？能有多糟，你就不能让我载你一百米吗？"

"不行，对不起，这么做就意味着违背了我对自己的承诺……"

他沉默了一会儿，然后开口道：

"帮我的摩托车轰轰油门总行吧？"

"没问题！"

我走到他的摩托车前，握住油门，帮他轰了一两分钟的油门。

"多谢了！再见！"

这，就是泰国街头佛教的剪影。

▲1992年，我在出家仪式前，于泰国乌汶的照相馆，身
披塑料的僧袍拍照。准备用于出家后的签证上。

▲ 在出家之前，我在商界的最后一年。1987年，摄于AGA（瑞典燃气公司）西班牙加的斯办公室。
照片提供：Miryam MacPherson

▼ 1989年，在新西兰的米尔福德步道上。

▶ 1999年，我在瑞典法尔斯特布的市立公园。
照片提供：Björn Andrén

▲ 1993年2月，妈妈第一次来国际丛林道场探望我。我们后方的指示牌上写着："重要的不是努力思索完美的想法，或者像圣人一样行事，而是明白事物本来的面目。" 照片提供：Yatiko Bhikkhu

▼ 阿姜玛哈阿蒙（Ajahn Mah Amon）是授予我具足戒让我正式成为比丘的僧人。1993年2月，我们在授予仪式后合影。照片提供：Bengt-Arne Falk

▲ 我们的寺院：位于泰国东北部的国际丛林道场。1992年，我还是沙弥，身上的聚酯纤维僧袍，穿起来不是很舒服。照片提供：Kylle Lindeblad

▲ 我的两位前导师：阿姜帕萨诺与阿姜袈亚裟柔。1994年左右，两人合影于我们在老挝边境的野外寺院卧佛寺（Wat Poh Jorm Kom）。在泰国，当地人和西方人的习惯相反，他们平时经常微笑，但很少在照相时笑。

▼ 1998年秋，僧人朋友们拜访我在泰国奇利谷山国家公园的隐居处。

▲ 1998年，奇刹谷山隐居处整修前的内部摆设。照片提供: Bengt-Arne Falk

▼ 我在奇刹谷山的全新隐居处。由我设计，费用是一名山脚下的男村民资助，他将这笔捐赠写进了遗嘱。1999年，我在当地的期间，他过世了。

▲ 2001年，在英国切瑟斯特佛寺（Chithurst Buddhist Monastery）的大合照。比丘尼们在左边，而我一副得了麸质不耐受的脸。阿姜索西托在我左边两步远处。照片提供：Nimmala Glendining

▲ 2004年，我沿着英国康瓦尔的西南海岸徒步旅行。
照片提供：Sam Ford

▲ 2007年，在南非的龙山山脉（Drakensberg）徒步旅行。
照片提供：JP Meyer

▲ 2007年，我与来自泰国、德国与斯洛文尼亚的僧人朋友，一同去瑞士伯尔尼高地旅行。照片提供：Robert Szalies

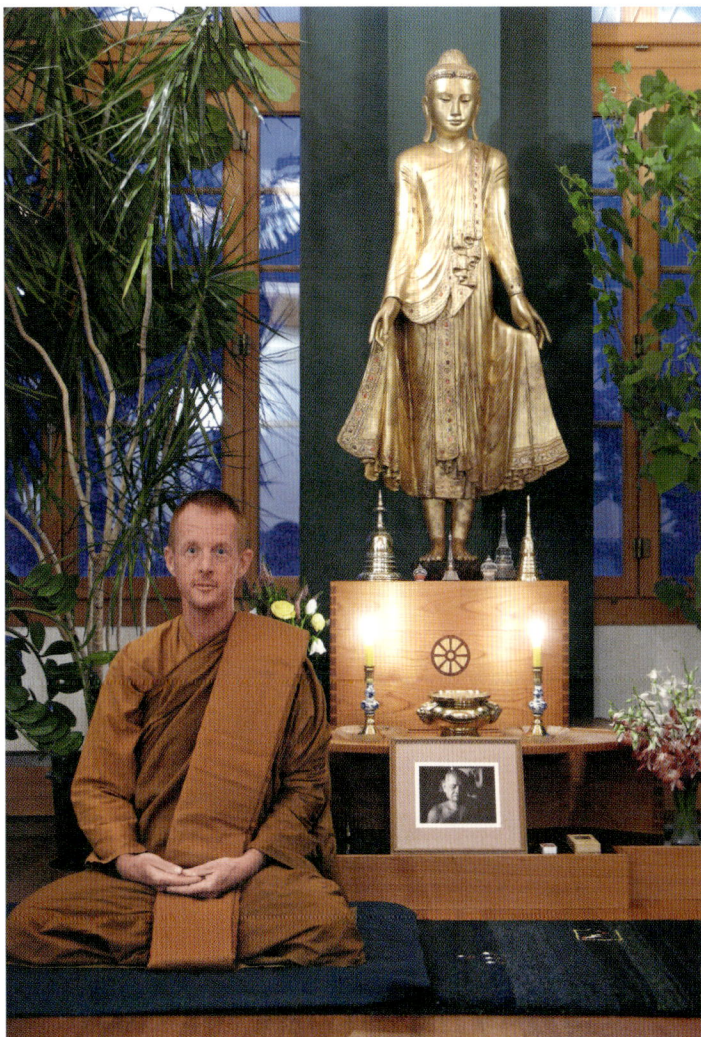

▲ 我当僧人的最后一张照片。2008年秋天，摄于我最后待的瑞士达摩寺
（Wat Dhammapala）。照片提供：Ashin Ottama

▲ 2019年秋天，我在《自由之匙》巡回演讲期间，于斯德哥尔摩的英特曼剧院进行演讲。照片提供：Anna Nordgren

2016年夏末，瑞典哥特堡南方的亚慕德岛（Amundön）
我人就在山顶。照片提供：Cim EK

握紧的拳头，张开的掌心 / 18

　　在泰国生活了七年之后，我有点厌倦了只跟男人在一起的生活。这是因为，那里的道场几乎没有尼姑。这样的形势，着实称不上理想。我在前文中提到，随着我所属的佛教森林派在世界各地的推广传播，尼姑们也建立起了一个新组织。这个组织的总部设在英国，也在那里新建了一座道场。虽然还不完美，但总归是一种改进。那里的几位尼姑（以及来自同一座道场的僧人）来访泰国时，我曾与他们见过面，感觉一见如故。在我看来，僧人和尼姑共同生活的感觉不仅很有裨益，从很多方面来说也符合自然。男女在平等条件下共处，能给人一种平衡感。我对尼姑们产生了一种不太符合僧侣标准的喜爱，而这，也是我搬到英国的部分原因。

就这样，英国的几位尼姑成了我要好而珍贵的朋友。其中一位是阿姜塔妮亚（Ajahn Thaniya），她是个新西兰人，身材虽然娇小，但内心却非常强大。她是我这辈子见过的最富洞察力的三个人之一。她无须问我过得怎么样，只须看我一眼，就会心知肚明。

另一个吸引我来到这座英国道场的原因是，这里的住持阿姜索西托是一位让我佩服得五体投地的僧侣。有一本书为读者精深透彻地阐释了佛陀的第一次讲法，而他就是这本书的作者和插画家。我们两人在泰国相识，因为他经常在冬天去那里旅行。时至今日，他仍然是我最亲密且重要的一位挚交。

阿姜索西托拥有真正的良师益友应该拥有的特质——一种对时机恰到好处的拿捏。他总是能够在对的时间向对的人说对的话，而且还总不忘在这些教诲之中注入满满的爱意。从这样一个人身上接受智慧是如此易如反掌，即便听到逆耳忠言也能泰然面对。

我很欣慰地发现，在英国的道场里，早餐和午餐**都有**供应。对此，我深怀感激。我对道场中的一次早餐至今记忆犹新，那是在我搬来后不久的事情。包括僧侣、尼姑和访客在内的五十多人聚在一起吃饭，经过一番漫长的辩论之后，我们才终于敲定那天的工作分配。之所以搞得如此复杂，是因为要处理的事情有很多：比如谁来做饭，谁来洗碗，谁来修剪草坪，谁来照料花草，谁来开车送生病的尼姑去医院，谁来开车带僧侣去看牙医，谁来修理拖拉机，谁来取柴火、砍柴，谁来给锅炉添柴，等等。

这种混乱的方法惹得我心烦意乱。在我看来，这座英国道场的整体管理都有些粗线条。我可是泰国**创始**森林派道场出身的僧侣，很清楚**最正宗**的森林派道场是怎么做事的！而英国这家道场，做事却有些草率和缺乏章法，作为一个严谨认真的森林派僧侣，我当然**无法接受**。因此，当其他人起身时，我还留在原位，烦躁地思考着这种作风有多么配不上森林派道场的标准，这里做事没有规矩，流程也应更加完善和严谨才行。人们拖着脚走出去，最后只剩下我和我的老师阿姜索西托。在那一刻，我的括约肌可能是整个西萨塞克斯郡最紧绷的那个。阿姜索西托用温柔的目光看了我一眼，说道：**"纳提科呀纳提科，混乱可能会让人心烦意乱，但秩序却能将人置于死地。"**

没错。我又把拳头攥得太紧了。我按照自己的所知，想象着这个世界应有的样子，如果现实一旦不符合我的想法，我便僵住动弹不得了。带有"应该"两字的想法，让我变得渺小、沉闷和孤立。

如果你对这种情况也有同感，请试着练习一下这个手部动作：先用力握紧拳头，然后展开掌心。我希望大家能将这个动作作为一种提醒。我在演讲和冥想时经常会用到这个手势，因为这能呈现出我想要表达的很多东西。动作非常简单，却形象地表现出我们该如何放下那些紧握不放的东西：无论是物品、感觉，还是信念。先用力握紧拳头，然后放松并展开掌心。

我希望大家在生活中能够稍微少握紧拳头，多张开双手。少一点**控制**，多一点**信任**。少一点**我必须提前知晓一切**，多一些**顺其自然地随机应变**。这对我们每个人都有好处。我们没有必要时刻生活在焦虑之中，担心事情不按我们预想的方式发展。我们不必把自己压缩得狭隘而渺小，而是拥有选择的自由：我们是想扼住生活的喉咙，还是给生活一个大大的拥抱？

因此，请尽可能多地放松你紧握的拳头吧。

老兄，去找份该死的工作吧 / 19

　　作为一个佛教僧侣生活在一个不盛行佛教传统的国家，这种体验当然别有一番滋味。在泰国，每天化缘时，我们总能受到当地人的热情欢迎，甚至到了几近崇拜的程度。在那里，我们在社会上享有受人尊敬的地位。而在英国，情况就截然不同了。

　　在英国第一次化缘时，我与一位名叫纳拉多（Narado）的年轻英国僧侣同行。我们在脖子上挂着化缘钵，漫步在距离我们道场最近的小镇米德赫斯特的商业街上。我的心里七上八下，不太相信在英国这种地方也会有人给我们施舍食物。一辆白色货车开过，司机摇下车窗喊道："老兄，去找份该死的工作吧！"

这句话如当头一棒，提醒我们，不同的人对于僧侣抱有不同的看法。从总体来说，过去七年以来，泰国人大都把我视为天赐的礼物。不仅是僧侣，还是**森林派**僧侣，更是**来自西方**的森林派僧侣！在泰国，这或许要数最高档的配置了。而到了英国，我却成了人们眼中与寄生虫大同小异的东西，就像是一个衣品差劲、发型怪异、性取向混乱的可疑嫌犯。

当然，我从不把泰国人表达的恭敬归于我个人。不得不说，这种淡然是一种幸运，因为在西方国家做僧侣的时候，我对不时受到的侮辱也同样是一耳进一耳出。我觉得自己就像一个卡通人物，看着一颗子弹冲着自己飞来，然后再看着子弹从身体的另一侧"嗖"地穿过。这是佛陀给我的另一份礼物：我要学习如何用宠辱不惊的心态对待赞誉和诋毁。

事实上，那位白色货车司机的话给了我一种难以言喻的自由感。这让我真正地意识到，在他大声辱骂我时，我竟能如此全然地安住当下。对他人的看法一向情绪敏感的我，现在却能倾听自己内心的声音，并泰然自若地发现：**我的心中毫无波澜**。这真是一种莫大的慰藉！那一刻让我真正地意识到，我再也不用为了积累两眼的功绩或留下光鲜的印象而过活了。我终于从这种执着中得以释怀。

在我看来，想要真正获得人性、精神和超越自我的成长，重点并不在于学会如何应对问题，而在于放下自己的包袱，减少陷入挂碍之心的频率和时长。不要奢望完全摒除挂碍之心，因为只有死人才能做到心如止水。

在自我提升的过程中，如果注意到挂碍正在慢慢消失，你就会明白自己踏上了正途。说不定，你甚至能够与自己的性格、对自己身份及缺点的种种看法拉开一个有益的距离。

对我来说，在那个超越个体不足的自我出现时，我的精神会为之一振。尽管我的性格散漫、反应过激、过分冲动、缺乏平衡，但现在的我可以看到，随着我愈发善于倾听内心，越来越能保持平静泰然，一些潜在的东西已经开始微微发亮。这些潜质似乎一直在我心间，为我送上美好的祝福。

别忘了给奇迹留点空间 / **20**

在森林派传统中，当了十年的僧侣或尼姑的人，便可以
获得"阿姜"这一头衔。在泰语中，这个词是"老师"的意
思。获得这个头衔后，你就有资格尝试教学了。我还记得自
己应邀在英国主持第一次周末静修的经历：头一天晚上，我
的胃里就好像有两条蛇在翻搅搏斗一般，那种焦虑感几乎让
人无法忍受。在静修马上就要开始之前，我走入禅堂，点燃
蜡烛和熏香，向佛像行礼，然后轻声道："佛陀啊，现在的
我心乱如麻。但是整个周末，我都要做到全身心投入当下。
我明白我要说的话语并不**出自我**，而只是将我作为传达的**载
体**。我们在此一言为定，好吗？"我将佛像的默不作声视为
一种默许。果然，那次静修进行得十分顺利。

但那段时间，我还是感到心力交瘁，紧张感也越发严重。我必须刻意且频繁地练习，才能真正将握紧的拳头展开。摆在我桌上的行政工作越积越多，而一定程度的压力也随之渗入了我的生活。谁能料到，僧侣也有被重压所扰的时候！众所周知，在重压之下，想要放弃对于控制的渴望会变得难上加难。无论是谁，都难逃这个规律。

不用说，阿姜塔妮亚当然注意到了我的压力。六月的一个傍晚，我们两人一起去禅堂参加集体冥想。初夏的空气清新怡人，道场花园的睡莲池里满是蜻蜓，它们在水面上盘旋，折射出点点晶莹的光芒。阿姜塔妮亚用她那特有的目光凝视着我，我很享受置身于她目光下的那种感觉，因为每次她那样注视我时，她都会说出一些箴言，虽然简洁，却带着直指人心的深意。因此，当她用温暖的目光看着我时，我竖起了耳朵。她说："纳提科，别忘了给奇迹留点空间。"

这句话触动了我的心弦，因为我知道它一语中的。当时的我，真的非常需要这样的提醒：

是啊，我又来了，又不知不觉地陷入了想要掌控一切的怪圈。这让我的生活变得孤独、艰难、忧虑而焦虑。对生活多一些信任吧！我生命中几乎所有最美好的事物都发生在我的控制之外，对此，我心知肚明。试图控制和预测一切，只

会为生活徒增障碍，使之乐趣尽失。在如此紧绷的状态下，我的一部分心智也会随之折损。

长期以来，我一直是一位名叫阿迪亚香提（Adyashanti）的美国老师的信徒。在还俗九个月后，我第一次参与了他的静修。对我来说，这是一次深刻而难忘的体验。这种感觉，就仿佛亲眼见证伟大一般。在静修的七天里，我用心聆听着他说的每一句话。一天晚上，他说的一句箴言，让我一直铭记在心。

那一刻的情景，我至今仍然历历在目。

阿迪亚香提说："听好，如果你不对所想的每一个念头全盘皆收，如果你能全神贯注（而且心只安住当下），如果你的注意力能毫无羁绊，你便会发现一个基本的真理。整个宇宙，都遵循这个真理运行：

在必要的时机，

你便会悟到，

你须悟到之事。"

哇。很显然，我没有能力证明这是确凿的事实。我也明白，这句话听起来的确有些玄虚，但是，我对阿迪亚香提的话绝无半点质疑。在我看来，这句话从方方面面来说都是正确的，也成为了我至今一直遵循的守则。

我注意到，在遵循这个原则生活时，我的生活总能变得更加美好，有时甚至是美好许多。显然，这句话不是在让我们不计后果地生活，也并不意味着在应该且适合计划的情况下随心所欲。这句话是在说，一旦习惯用更多的信任面对生活，我们便能达到更高境界的自由和智慧。如果我们敢于并能够放弃控制以及预测未来的徒劳尝试，几近奇迹的事情便会发生。

如果稍作概括一下，我们可以说，几乎所有人都受到两种念头的支配：一种是围绕着自己过往一切的念头，一种是关于自己未来种种的念头。这些念头有一种几近催眠的力量，盘旋在我们的脑海中，且都带有相同的印记：**我的人生。**

这就好比，你要背负着这两个又大又沉但意义非凡的行囊走完人生，其中一个装着你对过去的所有总结，另一个装着你对未来的所有畅想。这两个行囊虽然美好而珍贵，但是，请试着把它们放下，只用稍稍放下即可。看看你能否更好地直面生活中的某些部分，安住于此时此地。如果能够做到，你之后还可以再把这些行囊背起，如果你愿意的话。

思考自己的人生并没有错。但是，你也应该时不时地暂缓一下，让思绪平静下来，稍加沉寂。通常，这能让我们更加轻松地再次背起行囊。

万事万物都是息息相关的：放下思绪和控制欲，转而用心倾听内心，活在当下，时常在宁谧中休憩，带着信任面对生活。这一切，都是为了探索，看有没有可能寻找到比我们的念头**更加真实**和更有价值的东西。从某种程度上来说，我们要回溯到念头冒出的源头。神奇的是，一旦回归本源，这些念头反而会变得更有价值，我们也可以更好地接触到自己的智慧和直觉。智慧和直觉的声音或许忠言逆耳，但我们思想的**质量**却会得到提升。

让我们再来进一步探讨**未来**这个有趣的词语，深挖我们对于未来的预先勾画。谨慎对待脑中的未来，会让我们受益匪浅。大脑为我们勾画的未来并不是未来，而是一幅素描，一幅基于记忆和经历创作出来的支离破碎的画面。我们记得的，只是生活中实际发生的零星细节。另外，情感也在记忆的形成和定型中扮演着重要角色。

我们天生就会铭记那些带有强烈感情色彩的事情，尤其是那些艰难和痛苦的经历。这种机制是自然演化而成的，并能推动我们的祖先在非洲大草原上的生存和繁衍。但我们所说的过去，并不是**实际**发生的经历，它们只是一些零星的碎片，通常是从带有强烈情感的事件中摘选出来的。而这些碎片为我们投射的未来提供了基础，成为构筑我们所想象的未来生活的原料。然而，这**不是**未来，而只是我们的主观假设，也就是对事物可能、也许、假设的结果所做的概略推测。没有人能准确预知未来。谁也做不到。

人生中只有一件事是确定的

　　在英国道场待了几年之后，我和我的僧友纳拉多决定去怀特岛徒步旅行。那是初夏时节。旅途的第一天，我们在岛屿景色壮丽的北海岸走了三十多千米，在一棵雄伟的橡树下露营过夜。第二天上午九十点钟的时候，我们开始在岛上第一次化缘。在海滨小镇桑当，我们把背包靠在墓地的墙边，把化缘钵挂在脖子上，然后在距离超市很近的街道上找好位置。

　　我们在那里站了一个小时。来往的行人足有上千，却没有一个人搭理我们。一个小女孩甚至问她妈妈我们的钵里有没有蛇。我们试着转移阵地，站在了一家发廊附近，但效果还是一样。没有人愿意看我们一眼，仿佛穿着金赭色袈裟的我们是隐形的。过了一会儿，一辆警车停了下来，从车里钻出一名警察："年轻人，在怀特岛乞讨是违法的。另外，发廊已经打电话投诉了，说你们的光头造型把顾客都吓跑了。"

我向他解释说，我们不是在乞讨。我们没有向任何人索要任何东西。我们的化缘是随喜的，这跟乞讨不是一回事。"好好好，但是，还是请你们到别处去吧。"警察坚定地回答道。

我们回到了超市旁边的地点。在长途跋涉和二十四小时的禁食之后，我的双腿因疲惫和饥饿而颤抖。遵循森林派传统的规则，我们只能在正午十二点之前进食，但西方国家实行夏令时，因此我们把下午一点设为进食的最后期限。而现在，时间已经到了十二点半。我告诉我的僧友，我们可能只能放弃，等第二天了："再绝食一天应该也能撑过去，我们明天再试。"话说出口的时候，我的内心感到一种解脱。我将因饥饿而握紧的拳头张开，学会接受了现实。但我的朋友还没做好放弃的打算，而是说："我们再多等一会儿吧。"我答应了。

不到一分钟后，一位慈眉善目的老妇人向我们走来："小伙子，你们俩在干什么呢？"我告诉她，我们是佛教僧侣，正在化缘。"啊，你是说，你们想要吃的？怀特岛奉行基督教，这里不该有人挨饿。所以，你们想吃什么？"我解释说，我们对于任何现成的食物都会心怀感恩地接受，我们所受的训练的一部分，就是放弃个人的偏好。"哦，不，你们不需要放弃偏好。如果想让我把辛苦赚来的钱花在你们身上，我宁愿给你们买点你们喜欢吃的东西。"我的僧友对英国北部的一种馅饼情有独钟，所以我便提了这种馅饼的名字。老妇人点点头，走进商店。

　　不久之后，一对长相标致的夫妇走了过来。他们来自加拿大。丈夫告诉我们，他们入住旅馆的杂物工在淡季的时候就住在我们道场附近，那位杂物工已经跟他俩解释了森林派僧侣的身份和所做的事情。他们让我们等一会儿，然后也消失在了超市里。五分钟后，我们手中便提着四只装满食物的购物袋。我们谢过他们，吟唱了一段简短的偈颂，然后便赶回墓地。我们在墓地的草地上坐下，默默吃着东西。吃完之后，我待在原地，安静地休息了一会儿。记得我在泰国的老师告诉我："你不会总是得到想要的，但总会得到需要的。"这句话说得太对了。而且神奇的是，每当我放松对欲望的控制时，欲望却似乎更容易实现。希望我永远也不要忘记那天学到的这一课。

在英国道场的尼姑中，有一位名叫阿姜阿难菩提（Ajahn Anandabodhi）。她在英格兰北部长大，性格活泼开朗。初次来到道场时，她顶着高高的莫西干发型，头发染得像彩虹一般五彩斑斓。阿姜阿难菩提和我几乎同时进道场，一段时间之后，我们都被委以重任，负责处理道场中需要解决的诸多实际问题。

就像我在前文中提到的，在一段时间里，这些任务让我忙得焦头烂额，压力有目共睹。我要规划道场里的体力劳动，接待访客，回复电子邮件和电话，还常常要处理许多行政工作。简单来说，我的职务有点像道场的首席执行官。在不知不觉中，我又回到了经济学家的角色，但这并不是我想从出家生活中得到的体验。阿姜阿难菩提注意到我劳累过度、身心俱疲。一天傍晚茶歇时，我们在厨房和茶室之间的走廊擦肩而过。她拦住我，提醒了我一句话："纳提科，不要忘了：责任，即应对的能力。"*

责任，即应对的能力。

帮助我们应对不断展开的人生的东西是什么？就像我在前文中说过的：计划、控制和组织往往并没有你想象得那么

---

* 英文原文为："responsibility - the ability to respond"。即"responsibility"（责任）可拆分"respond"（应对）+"ability"（能力）。 ——译者注

重要，真正重要的，是**活在当下**。对于**心流状态**，相信大家都不陌生：这是一种清醒而专注的感觉，也可以称为一种觉知状态。你不会为可能出错的事情焦虑挂心，纠结于如何应对所有可以和不可想象的结果。你不会一直为事情会不会朝着你想要的方向发展而发愁。相反，你持有足够的正念，能够以一种开放的心态灵活应对。说来也巧，这种无心插柳而来的处事方式，往往是更加明智之选。

从很大程度上来说，想要放下我们对控制的需求，保持觉知，需要我们鼓起面对不确定性的勇气。很多人都觉得这是一种很大的挑战。作为人类，我们天性就是想要知情。这是一种人人都有的自然冲动。在我们不知情时，当我们遇到不确定的情况时，我们很容易感到恐惧，变得无法随机应变。因此，即便我们永远都生活在变化无常的不确定性之中，却仍会佯装实际情况容易预测。我们固守自己对于事情该有的样子的规划和理念，深陷自己对于事情该如何发展的种种构想。制订计划这件事本身没有问题。计划是件好事，从一定程度上来说，我们都需要对自己的生活有所规划。我觉得，计划是值得赞誉的。但是，制订计划和认定自己所有的计划都必须实现，二者不能同日而语。

美国总统艾森豪威尔[*]曾经说过："制订计划至关重要，但计划本身毫无价值。"

无论从隐喻还是实际的角度，请想象一下，如果大家都用可擦的铅笔而不是永久的钢笔在日历和记事簿上制订计划，会怎么样？想象一下，如果我们能认识到，我们写下的和认为会发生的事情，可能并不会真正发生，那会怎么样？如果我们能够尽最大努力，去接受这样的现实，那会怎么样？

心灵成长的很大一部分内容，就是找到面对不确定性的勇气。学会忍耐不知情和不受控的状态，我们就能接触到自己更富智慧的那一面。想要紧握生命，无异于妄想紧握住水。生活如水，其本质就是无常。

出家生活就意在挫败我们用以施加控制的机制。我们之所以不经手金钱，不能选择进食的时间或摄取的食物，无权挑选同住的人和入住的茅屋，原因之一就在于此。被迫放弃控制权，是我们的学习过程中有意设立的一环，由此得到的效果也非常惊人。面对生活的不确定，能够选择信任和坦然面对未知，堪称一份厚礼。

---

[*] 德怀特·戴维·艾森豪威尔（Dwight David Eisenhower），美国政治家，曾于 1953 年至 1961 年任美国第 34 任总统。——译者注

面对不确定性，就是让我们少进行吃力而不讨好的徒劳，不要深陷我们自认为能够掌控的东西，比如前文提到的未来，而是敞开心扉，面对此时此地。因为此时此地，才是生命真正存在的唯一根源。

开诚布公地说，我们都知道，每个人的生活中都充斥着无尽的不确定性。在这一生之中，只有**一件事**是确定的，那就是人生总有结束的一天。除此之外，便是各种各样的希望、恐惧、假设、愿望、想法和意图。我们不妨承认并接受这个事实，放松紧握的拳头，让生机盈满张开的掌心。

《屁股不说谎》

22

在英国的道场呆了七年之后，我搬到了另一座森林派传统的道场，这座道场位于瑞士阿尔卑斯山一座名叫坎德施泰格的小镇。我一直对靠近山脉的区域情有独钟，但除此之外，这座道场还有一个额外的优点，那就是我再也不需要担任道场的"首席执行官"了。瑞士人管理组织的能力很强，在这一点上无人能及。就这样，我便有余裕照顾我们的访客，为有需要的人提供帮助，还有时间徒步旅行和爬山。另外，我也能把更多的时间投入在指导冥想上，并逐渐在这个领域找到了自己的声音。

我们的住持名叫阿姜科玛希里（Ajahn Khemasiri），他是我在那里最亲密的挚交，对我而言如同慈父一般。另外，他也是一位足球的狂热爱好者。年轻时，他曾经营过一家酸种面包店，但到我们见面时，他已是一名出家多年的虔诚的僧侣。我的家乡好友卡尔-亨里克（Carl-Henrik）造访我们的寺院时曾形容，阿姜科玛希里给人的感觉就像是一位潜艇舰长，和德国经典电影《从海底出击》（*Das Boot*）里那种典型的男性领袖一模一样！

那时，我已经在六个国家主持过冥想静修，阿姜科玛希里可能心里纳闷，这些静修的内容到底和佛教沾多少边。他从参与者那里听说，我经常会大谈《楚门的世界》《黑客帝国》、小熊维尼和姆明*。但幸运的是，他和我一样清楚，佛陀对教条丝毫不感兴趣。在我们眼中，佛教就是世界上最丰富多彩的工具箱。

瑞士的出家生活不像我之前住过的其他道场那么严格，尤其是和泰国的道场相比。在这里，我们拥有了更多的自由。这座道场非常现代化，甚至开通了互联网。一学会用谷歌搜索，我就**迫不及待**地搜索起自己的名字来。那是2006年，输入我的名字，最先出现的几个链接之中有一份PDF文件，那是我在20世纪90年代初参加马来西亚会议时的文件。

---

* 芬兰瑞典裔女作家托芙·扬松（Tove Jansson）笔下的童话小说中的家族，原型是北欧民间故事中的一种巨魔。——译者注

当时的我，正在联合国世界粮食计划署任职。如果我有一天想要重写简历，唯一的原因就是把我在那份文件中的头衔加进去。在文件中，我的头衔竟是"小规模海藻养殖国际财务分析专家"！是不是很厉害！

父母送给我一台电脑，另外还有人送给我一台MP3播放器，方便我听讲座录音。我的好友卡尔-亨里克得知后非常激动，立即给我寄来了一张题为《你出家以来最棒的一百首金曲》的CD合辑。这真是一份让人印象深刻的礼物。

在瑞士的道场，我们每周都有一天的时间徒步旅行。鉴于我对山峦全身心的热爱，我总要比道场里的其他人多走一倍的距离，多爬一倍的高度。

在一次徒步之旅中，穿着登山靴的我缓缓爬上一个景色壮丽的山口，从那里一路眺望到首都伯尔尼。当时适逢春天，天气刚刚开始转暖，但山间仍有厚厚的积雪。壮丽的全景在我眼前展开，我坐下来，品尝随身带来的食物。那种美味，仿佛只该天上有。

阳光很温暖，我一向喜欢沐浴阳光的感觉，因此把衣服一层层脱下。最后，我浑身只剩下僧裙和登山靴。然后，我将MP3播放器的耳机塞进耳朵里，选择了《你出家以来最棒的一百首金曲》歌单。没过多久，夏奇拉的《屁股不说谎》

便响了起来，而我再也按捺不住自己的悸动。就这样，伯尔尼高地最不灵活的屁股慢慢开始扭动起来。

但是，我可是个不应心生
疑虑的僧侣呀

在坎德施泰格美丽的道场中，我坐在自己的小房间里，一边喝茶，一边阅读着一些激发灵感的文字。然后，我点上熏香和蜡烛，静下心来进行冥想。经过二十年的每日冥想，我已能不再打瞌睡，不仅如此，我甚至开始享受冥想，达到了全然乐在其中的境界。

就这样，我坐在我的那尊镀金木佛前，安住于觉知之中，稳稳地一呼一吸。一切都渐渐宁静下来，这宁静不是因为活动的止息，而是由安住当下的状态生发而出的。现在的我，已经习惯了这种宁静，而且极其享受这种宁静。这已经成为我的家，一个我可以休憩的地方。我能感受自己的身体，充满了活力和满足。这是一种奇妙的感觉，我真希望这种状态能够一直持续下去。宁静持续了十到十二分钟，然后，那个深沉、睿智、独具慧眼的直觉之音又对我说话了。我的内心浮现出一句低语：**"是时候继续前进了。"**

噢不！还不是时候吧！我现在的日子过得多美好啊。

我既惊讶，又忐忑。**"但是，我是一个应该穿着袈裟死去的僧侣，是个不应心生疑虑的僧侣呀。"** 而四十六岁的我却猛然发现，内心有个声音告诉我，是时候回家了。这个声音如此清晰，有如二十年前的五月份，我在西班牙的那个周日，坐在沙发上听到的那个声音。我当然知道，我不能对这个声音充耳不闻。但是，我会因此而损失太多的东西。现在，我的生活和身份的一切，都与出家生活紧紧交织在一起。

因此，我用了大约六个月的时间，细细斟酌这个问题。我打电话告知母亲我的决定，她若有所思地说："我同意，我觉得你这个时候就过退休生活，有点为时过早了。"她曾经到瑞士的道场看过我，可能觉得这里有点太像养老院了。这种看法不无道理。我的出家生活已经变得太过安全、太可预测了。这么多年以来，我一直处于这个状态，对这个角色了如指掌，几乎是活在自动驾驶模式一般。

另外，我患了一种叫作"免疫性血小板减少症"（ITP）

的疾病，这是一种非常罕见的自体免疫性疾病。在考虑是否要终止出家生活时，我并没有真正把这件事纳入考虑范围，但在当时，这种病已经对我的生活带来了影响。在南非主持两次静修的间歇，我在夸祖鲁-纳塔尔省的山间徒步旅行，不知被什么东西在腿上咬了一下。几个小时后，咬伤处才开始剧烈疼痛，很快，我的血液就失去了正常凝固的能力。

两周之后，我进了急诊室，医生叮嘱我："你的病是一枚定时炸弹。" 免疫性血小板减少症被视为一种严重的疾病，由于血小板被过早破坏，可能会导致严重，甚至致命的出血。回到瑞士，我接受了几次强化治疗，但都没有成功。医生本想切除我的脾脏，但我拒绝了。在一段时间内，我服用了超大剂量的可的松，这让我的睡眠质量变得很差。从此以后，我的身体再也没有完全恢复进入深度睡眠的能力。

尽管我的内心已经做出了离开的决定，但这个过程却非常艰难。我和很多出家后还俗的僧尼聊过天。到了这个时候，我认识的还俗僧尼比出家僧尼还要多。一般来说，人们不会一辈子都待在道场，而只是在想待或这里的生活符合内心愿望时才留下来。在我出家的这些年里，和我一起生活过的大多数人都比我先放弃了出家生活，这也就是我们所说的"还俗"。所有还俗的僧尼都对我说过同样的话："在这里生活了这么久，离开时的迷茫和伤痛，是你难以想象的。你身份的一大部分都扎根在这里。进入俗世之中，你会是谁？那种困难，要比你想象得严重得多。"

我很相信他们的话，但还是决定冒险一试。我知道，这需要巨大的勇气。但我也觉得，在不确定中摸爬滚打而积累起来的"信任资本"，应该到了派上用场的时候。是时候把资本兑现，在更加严酷的现实中展开我的双翅了。

不知何时，也不知在哪里，我学到了一句话。这句话让我很有共鸣，也经常会在冥想时浮现在我的脑海中：

"我们在宁静中学习真知，以便在暴风来临时铭记。"

这就是人们参加静修或花时间冥想的原因之一——为了练习。我们不能在禅堂里过完一生，然而，当我们还是新手的时候，当我们还没有掌握某些技能的时候，不妨先在顺境中练习。在这里，我们可以在平稳和安宁中打磨技巧，以便更加沉着而稳健地走进晴雨难测的日常生活。这是因为，我们学到的所有东西也当然应在日常生活中发挥作用。否则，这些东西的价值何在？

生活会不可避免地给我们带来一场场的暴风雨。有的时候，我就像是一叶孤舟，在波涛汹涌的大海上漂流，看不到灯塔或航标。有的时候，波涛会稍微缓和，但仍然打得人晕头转向。比如，老板因为我上周的任务没有完成而大吼大叫，抑或，我与关爱的人之间发生冲突。就这样，内心中叫声最大的东西便占据了我的注意力。然而，在宁静的时刻，如果我能抓住机会学习放下思绪，练习如何引导自己的注意力，我就有了一位可靠的盟友。这位盟友在任何情况下都会给予我支持，永远与我站在同一战线。

告别信 / 24

2008年10月，我给各个道场的僧尼朋友写了一封信，告知他们我的决定。信的内容如下：

亲爱的大家：

我已经很久没有像这样给你们大家写信了。你们很多人都知道，我的疾病依然没有好转。自从去年夏天以来，我接受了大量康复治疗和药物治疗*，其中既有传统疗法，也有替代疗法。我几乎把所有方法都试了一个遍。血液不能凝固的问题似乎很难治愈，这可能也是一个我必须学会忍受的现实。从个人的感受来说，其他症状我都还能够承受，但严

---

* 康复治疗偏重促进功能恢复，药物治疗偏重使用药物治愈。——译者注

重的失眠是最难熬的。不用说，我的身体和精神活力都大幅降低，但对于我来说，学会在精力不足的条件下过活的体验让我深受启发。现在的我，更能体恤精力有限的朋友们的疾苦了！

这封信之所以等了这么久才动笔，主要原因是，去年的十月，我的心中有一个声音在催促我考虑是否还要继续出家。这是我始料未及的，因为此前，我对于出家这件事从来没有产生过任何怀疑。我理性的一面百思不得其解，还向我指出，一个四十六岁的人想要还俗，需要面对种种不便和不确定性，尤其是在健康出了问题的情况下。我试着不去理会这股冲动，但它却一直萦绕在心头。到了今年四月份，这股冲动再次涌上心头，成为了一种明确的信念：我必须选择还俗。尽管如此，我还是不愿意采取行动。然而，这种信念在五月初和六月底又两度出现。我明白，这一切听起来有些神秘主义的色彩，仿佛这冲动来自"我"之外的什么地方。然而，这就是我的体验。

因此，我不愿给出理由，因为在这件事上，直觉必定先于理性。有一种体验能将我的感受表达得淋漓尽致，这就好比你在很长一段时间里常穿一件衣服，但有一天却突然觉得这件衣服不再那么合身了。衣服本身没有什么问题，只是该做改变的时候到了。

是时候过一种不同的生活了，是时候回到俗世中去了。我相信，独立自主、自己做决定，对我是有好处的。而还俗这件事，就是我为自己做的一个决定。

我也觉得，出家生活中的一些限制对我的个人成长已不再有帮助，我需要更多的自由，来选择如何应对生活。我并不担心自己的心灵健康会受到影响，这是因为，我仍对开悟抱有诚挚的热情。

我也希望，还俗后的生活能够让我的身体健康有所改善。我知道，传统医学已经出现了一些鼓舞人心的发展，如果有机会，我可能会加以尝试，但这并不是促使我做此决定的主要因素。

尽管这个决定是我自己做出的，但我还是咨询了我的几位精神导师，他们大多数显然不太推崇这个决定。我也和我的家人、我在达摩波罗道场*的兄弟们，以及其他几位僧人和友人讨论了我的决定。和往常一样，这又一次让我想起，我的生命中有多少善良而睿智的好友。我有一种预感，觉得自己还能继续结交这样的好友，我在这方面似乎很有天赋！

---

* 指作者在瑞士坎德施泰格的道场。达摩波罗为梵语，意为"护法"。——译者注

在工作方面，前景仍是一片模糊。这种疾病意味着，我在短期内尚不能全职工作，因为精力实在没法支撑。但不知为什么，我并不太担心生计，我相信随着时间的推移，前路便会自然变得更加清晰。或许在刚开始的时候，我只能对能找得到的工作全盘皆收，这没有什么问题。随着时间的推移，如果有机会分享我这些年在僧伽*中学到的经验，我也不会感到惊讶。

总体来说，我一直有一种"一切都会好起来"的感觉，这种感觉虽然不合逻辑，但的确让我感到安心。其中甚至包含着一种模糊朦胧但反复出现的预感，觉得我的肉身可能无法支撑到所谓"正常"寿命的长度。

我发现，在这样的一封信里，我很难分辨什么该写，什么不该写。相信在接下来的一段时间里，我将有机会到瑞士和英国，找你们中的许多人细细探讨。在回家之前，我会旅行一个月左右的时间。我想，这段时间的主题应该是向过去致敬，试着笨拙地表达难以言喻的感激之情，以及努力扛过离别的悲痛。

我要对心中有疑问的人澄清：我没有恋爱，也没有具体的心上人。没错，我的确希望僧团大家庭中的男女分隔不要

---

* 梵语，意为大众或集会，也可指出家群体。——译者注

造成这么多的苦闷和困惑，但在瑞士生活期间，我已经不像以前那样受此影响了。我可以继续坚持下去。当然，有的时候，展开一段浪漫关系的想法的确让人非常向往，但我从很久以前就不再相信，我一生的快乐和满足可以或应该掌握在别人的手中。

我的父母和三个兄弟似乎非常高兴，因为我住得离家近了一些，往来也比以前更加方便了。我最小的弟弟已经在整理自己的衣柜，挑选送我的衣服了。他是时尚界人士，所以到时候，虽然我的内心传统，但外表看上去恐怕会挺时髦吧……说来或许有些让人惊讶，相比于在社会上特立独行，我更期待能和其他人融为一体。

我明白，我可能有些语无伦次。部分原因是我休息不足，部分原因是我不想让自己听起来轻率无礼。头脑清醒和严肃认真并不是我的天性。我要做的，是试着对自己在过去十七年获得的一切致谢，尽管我知道细数一切是不可能的。我要感谢收获的所有指导、友谊、鼓励、物质的支持、并肩的旅行、共享的欢乐、在互相勉励的安稳环境中学习、成长和放手的机会，不一而足，数不胜数。

有的时候，感激之情会在不经意间溢满心田，让我难以抑制心中的情感。对我而言，相比于十七年前，有了这些支持和鼓励的加持，做真实的自己变得容易多了。话说回来，我其实并不想把做自己这件事看得太重，在这一点上，我也越来越坦然自若了！

那么，一个阶段即将画上句号，另一个阶段即将拉开帷幕。我会珍惜出家这些年来积累的善缘，直到咽下最后一口气的那一刻，或许甚至能够将这段善缘延续到来世。

带着交织在一起的爱、悲伤和感激

纳提科 敬上

在我要离开道场时，人们在禅堂里为我和最亲近的好友举行了一场美好而温馨的仪式。仪式进行到一半时，我回到自己的房间。我最后一次脱下袈裟，在十七年来，第一次穿上牛仔裤。然后，我回到禅堂，把我的袈裟还给阿姜科玛希里。他咯咯地笑着说，在他出家的二十二年来，我是他见过的最有衣品的还俗僧侣。我穿着这身陌生的行头，乘船离开港口，向着开阔的大海而去。

至暗时刻

2008年11月，我回到了瑞典。尽管家人和朋友给予了我无尽的爱与体贴，我还是很快陷入了抑郁之中。我认真听取了还俗僧尼的忠告，关于离开这种环境会带来的痛苦和悲伤，他们已经给我打过了预防针。即便如此，当这种感觉袭来之时，我还是完全猝不及防。这一击的威力之大，令人难以置信！而我的疾病，更是让情况雪上加霜。

好友皮普的母亲慷慨地让我租下了她的民宿小屋，只是象征性地收取了一小笔房租。就这样，我孤身一人在瑞典南部克涅里耶德郊外的一间小木屋落脚。在阴暗的冬日，我形影相吊，心情抑郁，疾病缠身，彻夜难眠，没有工作，身无分文。无论是收到我的第一份养老金结算单，还是到最近的拉霍尔姆镇申请经济援助时，我都不觉得心情有所好转。按照要求，我要首先注册为求职者才行。在职业介绍所，我填好了所有的表格，与一位社工见面。他看了看我的简历，说："嗯，你1989年之前的简历看起来很优秀……但那是二十年前的事情了。"

"我明白。"

我的经济援助申请遭到了拒绝。好在，父母不仅在情感上给我支持，只要我有需求，他们也会在经济上给我支援。我十七年来没有碰过一分钱，而回到家后，我才发现金钱在这个环境中扮演着不可或缺的中心角色。我不禁纳闷："**大家都是怎么生活的？大家哪儿来的这么多钱生活、吃饭、穿衣、乘坐公交，甚至还有钱偶尔度假？**"一切都是那么昂贵，简直让我咋舌。

没过多久，我就患上了临床抑郁症。我几乎每晚都会醒来，在胸腔和胃里翻腾的焦虑感让我汗如雨下，把床铺都浸湿了。这是一种非常严重的焦虑症状。在当今，"焦虑"成了一个我们动不动就挂在嘴边的词，但很显然，我所说的并不是那种平日工作中的焦虑。我所说的，是那种极度悲观的焦虑，如同一种让人恍惚的催眠状态，让你无可救药地陷入忧虑和恐惧的泥沼。我所说的焦虑，如同一台过滤器，仿佛将生活中所有的快乐过滤殆尽。我所说的焦虑，如同一幅落下的帷幕，将所有的思绪都遮挡在其后。总有个声音在我脑中持续而冰冷地低语着：**"这种状态会一直持续下去，永远不会好转。"**

所有经历过真正意义上的焦虑的人都知道，如果在那时相信自己的想法，你便可能陷入险境之中，陷入黑暗的无底洞，以无法控制的速度急转直下。脑海中那恶毒的声音不断地试图说服你，事情永远不会有转机，这种感觉会在你的内心深处勾起种种不安。你或许有十位亲切友好而善解人意的朋友，他们不厌其烦地告诉你，一切皆会过去的，还会苦口婆心地提醒你，既然其他的一切都变化无常，你的抑郁也终有一天会过去。你能听到他们的话，也理解话中的意思，但情况却没有丝毫好转。在内心深处，那个黑暗的声音仍在低语。

在我看来，那个时期的痛苦煎熬，是我从未经历过的。最后，这股黑暗到了无以复加的境地，以至于一天晚上，我真的动起脑筋，思考起是否该干脆了结自己的生命为好。当然，这只是一个念头，但却是一个实实在在、清清楚楚的念头。我再也无法忍受这种感觉，也不知道如何才能继续背负这个重担。如果各位也有情绪低落的亲人，或是自己正在经历一段黑暗得让人难以呼吸的时期，我想告诉你：你并不孤单，我们很多人都有过这种遭遇，也最终从里面走了出来。

在心情如此低落的时候，我们很容易畏缩，像我一样孤立自己。这种做法很少奏效，也许永远都会无济于事。我们要开始学着与他人接触，在困境之中，这一点尤为重要。如果条件允许，尽量与那些能够映照出你光芒的人在一起。试着在感到安全和放松的关系中寻找力量，在这些关系中，你会因自己真实的模样而被爱。

几个月匆匆过去，又一年的冬季来临。几乎所有的朋友都不再给我打来电话，因为我很少接听，就算接听，我也会草草挂断，不愿和他们见面。我不忍心和朋友们多说话，因为我担心，我那消极的心情会感染他们。我能感觉到，我已经站在崩溃的边缘了。我夜复一夜地更换床单，仰面躺下，却又不敢入睡。因为一合眼，那些可怕的想法立马又会浮现在我的脑海中：

我永远交不到女朋友，永远不会拥有家庭，永远找不到工作，也永远买不起房子和车子。没人会想和我共度余生。我为了自己的精神成长投入了十七年的时间，到头来却落得这般下场。

我经常会被羞愧感所笼罩。毕竟，我花了半辈子的时间进行自我深化、理解和培养，本该带着满腔闪闪发光的永恒智慧重返故乡。然而，我却觉得自己成了全瑞典最不快乐的一个人，沦落成了最大的失败者。我脑子里唯一的声音，就是对于未来震耳欲聋的咆哮："**一切只会越来越糟。**"我无力抗拒，也无法与这声音争论。这种感觉，就像手持一把木剑、头戴报纸叠成的小头盔，却要迎战一条喷火的龙一般徒劳。

这种焦虑，是我所知的最为严苛但也最为优秀的精神导师。

我从来没有像现在这样拼尽全力不去相信自己的每一个念头。因为，虽然那些黑洞般的可怕想法是如此令人信服，但我先前的学习和修行还是为我提供了一条极为纤细的救生索。尽管我的内心和周围一片黑暗，冥想还是为我提供了一个可以休憩的避风港，一个得以喘息的空间。由于我对"放手"的多年修习，在最暗无天日的时候，我仍然可以调用这种能力。虽然无法次次做到，但我仍然经常能够把注意力从那些可怕的想法转移到一呼一吸上。当然，在每次呼吸之后，这些想法仍会顽固地卷土重来，但经过一段时间的努力，我逐渐达到了可以不受干扰地撑住两次连续呼吸的程度。冥想帮我挺过了难关。

过了十八个月，我才重见光明。

一切皆会过去

　　我最想做的，就是把自己关在小屋里，与所有的人和事隔绝开来。我眼中美好的一天，就是没有人给我打电话或发邮件，让我不受打扰地再追半季的《绝望主妇》。而不幸中的万幸在于，这个世界不愿尊重我与世隔绝的意愿。我也的确意识到，如果就这样自我封闭下去，对遇到的一切都视而不见，结局应该不会乐观。

　　一年半的时间过去后，父亲明智地指出："比约恩啊，你现在实在太消沉了。我们每个月给你的一万克朗，是预支给你的遗产，不能再这样继续下去了。"我当然不喜欢他的决定，但我明白，他是对的。就这样，我开始慢慢从自己藏身的洞穴中探出头来。在造访瑞士的道场时，我的僧友阿姜科玛希里友善而坚定地告诉我："纳提科，是时候再次分享自己了。"这句话一语中的。

我开始教授长短不等的冥想静修，事情进展得出奇地顺利。当时，瑞典大多数的冥想导师都是外国人，课程用英语教授，因此，对于能用瑞典语授课的导师的需求量很大，我的价值也得到了认可。能做一些受人看重的事情，就像为我的灵魂涂抹了一剂安抚的香膏，让我开始一步步重新掌握了生活的主动权。终于，我也有了可以贡献的价值。

教学让我终于找到了自己的归属。与他人分享如此贴近我内心的东西，让我感受到了深远的意义，这是一种我在这十八个月都不曾有过的感觉。我遇到的人们对我表现出热烈的感激和赞赏之情，这对我而言意义良多。再次倾听别人对我讲述自我和细数自己的生活，再一次给予他们我全部的关注，有时甚至还能提供支持和鼓励，这样的际会，真是让我**魂牵梦绕**！

过了一段时间，我大胆地迈出了下一步，在冥想静修或类似活动的场景之外与人们交谈。我的朋友丹尼尔向我发出邀请，让我面向他的公寓式酒店"群岛"的房客演讲。从那之后，我开始越来越频繁地面对私人公司和政府机构进行演讲，也惊讶于自己会在那些地方如此受到欢迎。尽管我背负着心理创伤，虽然我困惑沮丧，就算我忧心如焚，谁能想到，我终究还能有所贡献！

我的信心和自我价值感仍然摇摇欲坠，但我渐渐开始相信，劳务市场中或许确实有我的一席之地。看来，大家似乎愿意花些时间听我演讲。很多人甚至告诉我，他们觉得我的演讲很有价值。

能够受到这样一个善良慷慨的世界的欢迎，对我而言意义重大。下面这句话在一些读者听来可能宗教味太浓，但我依然要坚定地表达：在我看来，这就是善报（karma）。毕竟，在过去的十七年里，我一直在学习多倾听自己内心最美丽的声音，这是有效果的。现在，整个世界都在为我送上美好的祝福。

在这段时间，我接到了来自瑞典电视台的电话："斯蒂娜·达布罗斯基在你住在泰国道场期间采访过你，对吗？是这样的，她的丈夫是《安妮·伦德伯格夏夜访谈》节目的制片人。你为什么不来参加节目，告诉我们重回俗世的感觉，以及你现在的生活是什么样子的呢？"在内心中，我身体的每个细胞都在咆哮：**"千万别叫我上节目！你们以为找到的是一个正襟危坐、散发着永恒智慧的采访对象，但在内心深处，我还是那个被悲伤和迷惘包围的人。"**但与此同时，我的嘴巴却不由自主地说："没问题，我很愿意上你们的节目。"天知道我是怎么想的！

就这样，在2010年6月的一天，我来到了电视台的录影棚。采访快结束的时候，安妮问我有没有什么非常期待的事情。我回答说，我渴望有一天能够坠入爱河。节目结束后，凯尔·达布罗斯基[*]（Kjell Dabrowski）给了我一个拥抱，说："这是我见过最高明的征婚广告！"

短短几周之后，节目尚未播出之前，伊丽莎白便在脸书上联系了我。她是我朋友的朋友，我们只见过一次面，那是二十年前一次晚宴上的事情了。在网上联络之后，我邀请她到我当时居住的法尔斯特布。不久前，伊丽莎白刚刚参加了一场工作坊，工作坊的老师告诉她，找到一位精神导师对他本人产生了多么重大的影响。伊丽莎白觉得，或许可以找我做她的精神导师。但是，我心里却另有打算。

伊丽莎白把租来的车停在法尔斯特布庄园附近的停车场，从车里探身下来。我们俩都有点害羞，但又都试图掩盖羞怯。在海滩上共处一日之后，我的皮肤被晒得通红，逗得我们俩大笑了一阵。然后，我们骑着自行车去往附近的小镇斯卡纳。伊丽莎白很健谈，结果误吞下了好几只昆虫，逗得

---

[*] 斯蒂娜·达布罗斯基的丈夫。——译者注

我们俩又是好一阵大笑。一切都自然得让人难以置信。我心想：**"我们俩一定是天作之合。这就是我想要共度一生的女人，风雨无阻，义无反顾。"**一瓶粉红气泡酒在我的冰箱里静静冰镇，我拿手的炖鱼在炉上沸腾，我们在花园里一起吃饭品酒。燕子在天际翱翔，我的心也升入了苍穹。

伊丽莎白成了我生命中最美好的一部分。对我来说，自始至终，她就像一剂良药。我们那亲密而温存的肢体接触仿佛良药；我们共度的每一天，她那已经成年的子女，也是良药；她烹饪的食物，她对生活的热爱和热情，她的幽默，她的笑声，她的每一次呼吸中吐露的智慧，都是良药。像所有的恋人一样，我们也难免磕磕碰碰，总在无意间触到对方的伤口。然而，我们恰恰需要揭开那些破损而刺痛的创口，使之沐浴在充满爱与觉知的光芒之中。因此，即便在矛盾冲突之时，一切也都那么恰到好处，都是它们应该的样子。值得庆幸的是，我们俩早就意识到了争论对错的徒劳，所以很少陷入相互推卸责任的怪圈之中。有一次，沉入梦乡的我对着伊丽莎白说起了梦话，还没入睡的她则躺在我身边听着。在梦中，我将她称为"我最珍贵的礼物"——这就是我的真情实感。

当伊丽莎白和我决定结婚时，我请求征得她的同意，在我的结婚戒指上刻上一句独特的铭文。她很乐意地接受了我的请求，因为她知道这句话对我的意义。听到我想要刻在戒指的这句话时，珠宝商笑了起来，说在她接到的所有刻字委托中，这要数最不浪漫的一句了。

第一次听到我想刻在戒指上的这句话，已是二十五年前的事情了。那是在泰国的一个星光灿烂的夜晚，我们的老师阿姜裟亚裟柔给我们讲了一个发生在13世纪中东的故事。一位智慧非凡的波斯国王统治着他的王国。在他的臣民中，有一个人很想知道国王英明统治背后的秘诀。这个人走了几周的路，来到了国王的宫殿，在那里终于得到召见。这个人跪在国王面前问道："陛下，您的治国之道公正、祥和、深得人心，秘诀到底是什么呢？"国王摘下他的金戒指，交给来访者，说："你会在这枚戒指里发现我的秘密。"那人把戒指的内侧举到光前，大声读道：

"一切皆会过去。"

永恒并不存在，万物皆为无常。你可以把这当作坏消息，也可以把这视为好消息。

一切从己开始

27

　　爱情，是最难开诚布公谈论的一个话题。无论是对别人的爱，还是对自己的爱。爱是一个敏感的话题，因为它与我们人类内心最脆弱的部分紧密相关。然而，爱之所以不可或缺，原因也在于此。

　　佛陀曾强调了四种他视为神圣的心境。这四者被称为"四无量心"，也被称为"四梵住"——天神（梵天）的住处。这是因为，这些心境中包含着神迹，是我们人类的神性的所在，蕴含着我们的内在之美。

　　第一种是**慈**。

　　第二种是**悲**。

　　第三种是**喜**。这种心境在西方找不到合适的词来替代，它是指人类天生能对自己和他人的成功心生欢喜的能力。这就好比我们喜欢的人取得了好成绩，当他们感到快乐时，我们也会为他们而欢喜。在英语中最贴切的翻译，可能要算"移情的喜悦"。

第四种是**舍**。这可能有些难以理解。在英文中，这个词常被翻译成"平等心"的意思。在这种心境之中，包含着深远的智慧。一般而言，这是一种由不同感情组成的和弦，作为觉知的基础，温柔和气，天真无邪，清醒透彻。这是我们内心深处的一种能够接纳一切的力量，这种力量让我们懂得，此时此刻，一切都是应有的模样。

四无量心是神圣的美德，是安放人类心灵的美丽栖息地，关于如何在其中获得成长，佛陀的教义简单明了：**一切从己开始。**

如果无法对自己慈悲，你对他人的慈悲就永远匮乏而不堪一击。想要在爱中成长，我们需要将爱意引向自身。而不幸的是，在我看来，我们很多人都忽视了对自己温柔以待，没有把这一点放在首位。我们常常对自己吹毛求疵，百般苛求，却没有看到，我们自己也应该得到慈悲，尤其是在我们难过脆弱之时。

如果我们能带着更多的敏感、耐心和同理心对待内心的伤痛，那该多好啊！"**在这一刻，我有没有办法对自己伸出援手，让自己不必长久而无谓地困在这种伤痛之中？有没有什么方法，让我能够更容易做自己？**"在面对痛苦的时候，如果我们能够真诚而坦率地询问自己这个问题，该是多么难得！

从理智上做到这一点，往往是一种挑战。当头脑在咆哮着"**我不应该感觉这么糟糕，我不应该对这件事有反应，我不应该这么容易被激怒、这么容易受伤，我不应该心怀嫉妒和怨恨**"时，内心那平静的声音很容易被掩盖。但有一件事是肯定的：对于任何深陷难以化解的情绪的人而言，这种自责都是于事无补的。相反，我们需要进入那个受伤的地方，试着尽可能用慈悲和理解加以审视，看看我们是否能找到一种对抗黑暗念头的方法，**不受蛊惑**，而是将这些念头拖入光明之中。

如果我们能够逐渐用一种更加宽容和谅解的眼光看待自己，自然也会以同样的方式对待周围的人。然而，只要我们继续用严格而苛责的眼光看待自己，就无法给予他人全心全意的爱。

如果觉得"爱"这个词过于宏大，我们甚至可以换种说法。当年出家时，阿姜苏美多（Ajahn Sumedho）是我的一位重要榜样，他是一个身材高大的美国人，和我父亲同岁。在经过一番思索之后，他最终决定用"不厌恶"一词来代替"爱"。这种说法不显得激情洋溢，但或许是一个更切合实际的目标。我能加强自己"不厌恶"的能力吗？无论于人于己，能够不要抱着那么深重的嫌恶之情吗？

我认识的很多人，都因自认为有种种缺陷和不足而不愿对自己同情以待。他们觉得，自己**不配**拥有那份情感的关怀。然而，如果想要苦等到觉得自己值得被爱的那一天，盼着那种感觉能奇迹般地出现，我们便可能要这样永无止境地等下去。

我们要怎样才能觉得自己值得拥有自我给予的人情温暖？我们要变得多优秀、多漂亮、多成功，才能配得上这份关爱？我们要花多长时间，才能弥补自己那些微不足道的错误呢？我们想要把经手的每件事做得多么无可挑剔才算满意呢？这种完美的境界，真的能达到吗？

我们已经为了做到最好而尽了全力，能够铭记这一点，对我们每个人来说都有好处。除了我们之外，其他人也在尽力而为。虽然有时在当下很难看清或理解这一点，但在大多数情况下，我们中的大多数人都是想要做到最好的。事情并不总是如我们所愿，有时进展顺利，有时则不然。但是，在看待自己和周围人的时候，如果能铭记大家都已拼尽全力，这样的视角是很有益的。

在所有的人际关系中，持续终生的关系只有一段，从第一口呼吸开始，直到咽下最后一口气为止：那就是我们与自己的关系。想象一下，如果这段关系中充斥着慈悲和温情，那该有多好。凭借宽容的能力，将我们的小小过失全都化解。想象一下，如果我们能用温柔而善良的眼光审视自己，带着幽默感看待自己的缺点；想象一下，如果我们能像对待孩子或其他毫无保留深爱着的人一样，也给予自己同样的关爱，那该有多好。这样的心态，能够给我们带来无穷无尽的益处，也会让神圣的心境在我们的心中扎根蔓延。

裤装人生

　　讲回我在克涅里耶德的小屋。在这里，我重新过上了有尊严的生活，新的事业也开始成形。但是，故国对待我的态度，却要比我记忆中更加严苛。人与人之间的距离比之前疏远，压力比之前增大，人人都把成就和掌控挂在嘴边，而我在过去十七年间练习的偏偏是放手！更要命的是，相比于竞争，我对于合作有着绝对的偏好，但在我回到的社会之中，团结协作却并非自然存在的氛围。

　　记得大约在这个时候，我遇到了一位斯德哥尔摩经济学院的老友。他问我，既然已经重回工作岗位，我的商业计划是什么。我回答说，我的商业计划，就是只要有人为我敞开大门，我就只管走进去。他并不觉得我的计划有什么高明之处。但对我来说，这是必然且唯一的选择，直到现在也是如此。只要我的直觉不对我低声说"不"，我就放手去做。

让我们来看看这种选择带来的效果吧。突然之间，我便开始领导一百五十名工会成员进行冥想，一起探寻觉知的奥秘。第二天，我又与来自世界各地的八十位风险投资家分享我最喜欢的神奇曼特罗。这是一份多么珍贵的礼物啊！我向来自我怀疑，从没想过自己能做出什么贡献，也从不相信自己能在劳务市场上找到一席之地，让我在实现价值的同时分享或许能得到大家喜爱的东西。但现在，热情欢迎着我的这个世界，竟为我创造了一个接一个这样的机遇：冥想静修、讲座、播客、电视和广播访谈，谁能想到，我竟然还拥有了自己的巡回演讲。

事情的发展，是我在人生最低谷时连想都不敢想的。每当感到大家由衷地觉得我的分享有价值时，我内心中的一部分就能得到些许的疗愈。现在回顾职业生涯时，我感到无比震撼，仿佛刚刚坐了一趟跌宕起伏的过山车。**这是一段多么精彩的旅程啊！**

除此之外，我也感觉在过去的几年里，一种新出现的谦逊态度似乎开始在瑞典逐渐酝酿。越来越多的人愿意向内关照，不再那么墨守成规，也愿意用更加开放的心态尝试理解新的观点，对旧的观点提出疑问。对于我们来说，这是一个好兆头。

在重返职场的道路上，我的指路明灯就是**信任**。这或许是因为，对我来说，铭记这些经验教训从未像现在这样重要，包括张开双手迎接生活，不要总是妄图通过操控环境来达到自己的目的，以及学会相信这个世界。很明显，在身为佛教森林派僧侣出家时这样做，与身处穿着裤装的西方社会这样做有着诸多差异，但至少，力行这些经验在两种环境中都同样重要。在俗世社会中，我们更容易认为自己能够且应该对生活有更多的掌控。但我们错了。

记得在还俗的几年之后，我开车去父母家还车。车子是他们借给我的，因为那时的我还没有自己的车。那次借车，是因为我需要开车去胡克斯赫加德庄园酒店，在将在那里举办的瑞典高尔夫行政管理人员年会上担任接待员。对于一个还俗的森林派僧侣来说，这是诸多看似与其身份格格不入的零工之一。快到斯德哥尔摩时，我的电话响了。来电的是瑞典第四电视台，想让我参加他们的早间节目，聊聊人生后半段出现的重大变化。

原来，他们在前一天采访了一位九十二岁的老人，他刚刚以犯罪小说作家的身份出道，结果，那期节目大受欢迎。

我不用猜，就能想到大家在策划会上进行头脑风暴的内容：

"还有没有其他在晚年做出重大改变的老年人呢？哥德堡不是有个堪称古董的还俗老僧吗？不如试试邀请他来？"

我昏了脑袋，竟然一口应承下来。不消说，紧张的情绪闹得我彻夜难眠。当时的我，仍远远称不上自信满满，若说我对第一次参加电视直播感到忐忑，已经算是轻描淡写了。

第二天早上，睡眠不足的我来到摄影棚，紧张得瑟瑟发抖。主持人彼得·吉德（Peter Jihde）和蒂尔德·德·保拉（Tilde de Paula）非常友善，过了一会儿，我们在沙发上坐下，开始聊天。摄像机一直不停地拍摄。谈话进行了一会儿，我说了一些类似这样的话："当然了，但你知道，生活有时会关上一扇门，但下一扇门尚未打开。某件事情失去了以前的生机，无论是一段关系、一份工作、一个家，还是你居住的小镇。这件事情告一段落，但下一件事还尚未到来。突然之间，你发现自己处于一种非常不稳定的境地之中。到了那时，你还能依靠什么呢？在这种时候，感受到发自内心的信任感，难道不珍贵吗？"

彼得·吉德的表情，就像是一个充满善意的问号。如果他是个头顶冒出思想气泡的卡通人物，气泡里的内容可能是：**"我不太明白你在说什么，但我挺喜欢你的。"** 而蒂尔德·德·保拉的肢体语言，则透露出更多的质疑。如果她也有个类似的思想气泡，可能会说："**行，好，他十七年没有在吃住上花一分钱，谈信任当然是站着说话不腰疼。**"但她嘴上的回答却要含蓄得多，大致是说："但说真的，比约恩，大家需要供孩子上日托，还要确保有食物果腹，永远只靠信任怎么能行！"

对于这样的反对，我早有准备。我知道，张口谈论信任，很容易激起别人的异议。但我毕竟因为担心这种状况而辗转反侧了一夜，因此已经想好了回应。我回答说："当然，蒂尔德，你说得对，我完全同意。我们不能总把信任当作答案或解决方法，有些情况需要我们主动加以把控。但务实与信仰是可以相互交融的，在真实的生活中，**凡事并非简单的对立。**"

我爱这句话中的智慧，将它谨记在心。我们很容易陷入非此即彼的思维模式，一味地以为自己必须时刻生活在信任中，而不依赖任何其他东西。**不对，不对，不对！**比如，在缴税这件事上，依靠信任行事就是一个糟糕的方法，这是一件需要主动把控的事情。当你与孩子约好要准时参加他的某项活动时，还是做一些规划为好。但我依然认为，在当今的西方国家，有更多人需要铭记信任的宝贵。

对我来说，信任已经成为了我的一位最亲密的良友。试图在生活中寻找前进的方向时，信任和当下的智慧是我的一对指南针。我希望拥有相信自己的能力，也希望拥有相信生活的勇气。

生命的意义在于找到天赋并与人分享

有的时候，一想到把经济学家的生涯继续下去会是什么样子，我就几乎感到晕头转向。直到今天，我仍然记得从斯德哥尔摩经济学院毕业后的头六个月，我坐在前往瑞典燃气公司总部电车上的感觉。每天早晨，我的思绪就像一群吵闹的孩子一般在脑中嬉闹推搡，对我大喊大叫，提醒我必须做完和达成的一切。潜伏在这吵闹之下持续不断的暗流，难以摆脱、没完没了，总在提醒我没有做好充分的准备，没有把每件事都考虑清楚，还有一大堆的事情可能出错。我坐在那里，胸中压着一种沉重的感觉。**"这就是我未来工作的样子吗：永远为准备不足而提心吊胆？如果真是这样，我们能不能直接快进到退休生活呢？花费这么多时间深陷在这种情绪**

之中，会对人造成怎样的摧残啊？"

谢天谢地，我找到了另一种开启新的一天的方式。运用这种方式，我不再被自己的偏好、希望和恐惧所困。运用这种方式，我可以意识到，生活就在此时此地展开。这种方式，为生活带来了让人意想不到的趣味，能够扎根于此来塑造现在的职业，我深感幸福。

当然，这一切又归结到了信任上。例如，在讲课时，我是不用讲稿的。我倒不是说准备讲稿有什么不对，但我有一种感觉，一旦开始用固定的稿件，每次都按照提前写下和排练多次的内容重复同样的话，我内心的某些东西便会枯萎和凋零。我想，我的听众也能有所察觉。这样一来，"真实感"便被削弱了。

在职业生涯中，我做过的最勇敢的一件事情，就是在2019年进行瑞典全国巡回演讲。我们将这次巡讲起名为《自由之匙》。这么做有点自大之嫌，但面对从未如此接近的人生终点，我不能再等待世界的认可，只能勇往直前。我的好友兼忠实搭档卡罗琳不知疲倦地工作，解决了一切实际问题。我们原计划走访八到十个城市，但谁知到头来却走遍了四十个城市。如此的心潮澎湃，是我从未体验过的。超过两万名观众愿意赋予我如此的信任，敞开心扉倾听我的话语，直到现在，我仍然感觉不可思议。

在巡回之前，我咨询过几位演说家同行："一个白人中年男子坐在台上讲两个小时的话，肢体语言非常简单，没有讲稿，没有中场休息，没有音乐，也没有视觉效果。对于这样一个构思，你们怎么看？"没有人觉得这是一个能够大受欢迎的构思，对此我完全可以理解。然而，就是这个让人费解的构思却偏偏奏了效。这可能是因为，虽然没有讲稿，甚至没有一个非常清晰的规划，但我们拥有坚定的决心和满满的善意，而我已经学会信任这些东西了。除此之外，演讲中的坦诚似乎也深得人心。

我回到瑞典老家的生活开始进入一种愉快的状态，这种状态不同于出家生活，而是另有一番滋味：我和伊丽莎白的日常生活，我受邀引导冥想课程，为民营企业演讲，与朋友共进晚餐，到世界各地参观道场，聆听我的诸位精神导师宣讲。这不是我出家之前的生活，也不是我出家期间的生活，而是一种全新的生活。我发现，我对这样的生活并不抗拒，而是乐在其中。

但是，在这种节奏中也存在一些不太流畅的磕磕绊绊，一些让人感觉反常的细枝末节。失眠仍在困扰着我，我会像一头被棍棒打晕的海豹一样昏沉睡去，但常常在凌晨就会醒来，然后再也难以入眠。

在跑步时，我发现我的身体无法发挥正常水平。这感觉就好像我正在加速衰弱，肌肉力量也在不断流失。有一天，我意识到我再也做不动俯卧撑或仰卧起坐了。

我的健康出了问题，身体正在发出某种信号，提醒我多加小心。

一天晚上，我和伊丽莎白正依偎在床上看书，她突然抬头看着我，问我为什么抽搐身体。

我放下书，清清楚楚地看见，我的胸部、腹部和手臂的肌肉正在失控般抽搐。那不是巨大的震动，只是轻微的颤动，像是我们所说的肌束震颤。

我拿起手机，开始搜索之前注意到的各种身体变化。搜索的结果并不乐观。

信任会助你到达彼岸 / **30**

　　我在泰国最好的朋友名叫泰迦帕诺。我们在同一时期剃了光头，成了沙弥。泰迦帕诺是那种心灵慷慨、待人真诚的人。他来自新西兰，曾经获得过冲浪冠军，也是我见过的最英俊的一位男子。因为我比他早一分钟成为沙弥，所以在化缘的时候，我要走在他的前面。按照传统，施赠通常由女性村民端出，当她们把食物放进我的钵里时，会垂下眼睛，微微鞠躬，双掌合十。而在把食物放在泰迦帕诺的碗里时，她们却往往会抬起头来，露出最灿烂的笑容。这也是人之常情吧。

　　谈到信任，我便想起了泰迦帕诺伴我走过的一段旅程。当时，我们要去马来西亚续签签证。成为正式的僧侣之后，位于曼谷的宗教局就会负责签证事宜，但还是一名沙弥时，就必须自己处理。虽然我们这些森林派僧侣平时不经手钱，但道场并不缺钱。道场设有一家基金会，一向能收到充足的捐款。我们的住持私下告知基金会的理事，说两名沙弥需要购买到马来西亚的火车票，到泰国驻槟城领事馆续签签证，就这样，一切便安排妥当了。

我们搭夜班火车来到曼谷。第二天早上，一群在站台上等车的和蔼可亲的老妇人给了我们食物。那天下午，我们到达了位于槟榔屿对面的马来半岛的北海。

搭乘渡过海峡的渡轮，需要花上几林吉特*。那么，我们该怎么办呢？正如我之前所说，佛教僧尼是不能索要任何东西的。

面面相觑之后，我们哈哈大笑地达成共识，说这是一个练习耐心和信任的好机会。于是，我们在渡船码头找好位置，距离售票窗口隔开一段距离，在那里站了几个小时。路过的人不时停下来和我们聊上几句，最后，一个年轻的美国男子向我们走来：

"嘿，来自西方的僧侣，真酷啊！"

"你好！"

---

* 马来西亚货币。——译者注

"你们的袈裟和我在曼谷看到的橙色袈裟不一样，更偏赭色，你们是森林派僧侣吗？"

"是的，没错。"

"你在这儿做什么呢？"

"呃……嗯，我们……就是在这里站一会儿……"

"话是没错，但这里是轮渡码头，不是吗？好像不是一个适合森林派僧侣待的地方。你们不是应该待在森林里吗？"

"是的，在正常情况下，没错……"

"我刚才正在和一个人聊天，他跟我说了一些关于森林派僧侣的事。你们想要复制佛陀时代人们的生活方式，这是真的吗？"

"是的，完全没错。"

"你们真的从来不碰钱吗？"

"是的，没错。"

"但是，你们竟然跑到这里来了？"

"是呀……"

"难不成你们是想搭渡轮，却没法买票？"

"这话没错。"

"老天啊，这就说得通了！让我帮你们一把吧。反正这票基本上和免费差不多，我给你们买两张往返票吧。我这就去！”

读到道场、尼姑、僧侣、清规戒律和年代久远的宗教时，如果大家首先联想到的是"控制""老套""约束"与"离群索居"这样的词语，我不会责怪大家。但我想让大家知道，我们的生活方式绝非如此。我们完全置身于社会之中，**每一天都依赖陌生人的慷慨解囊过活**。出家生活，意在把我们暴露在更多的不确定性之中，而这种训练，也获得了有效的成果。

即便置身于"俗世"之中，我也一次又一次地发现，我们并非生活在一个冷冰冰且充满敌意的混乱世界。情况恰恰相反。传递给世界的东西，往往会返还到你的身上。越是决意掌控自己的生活环境的人，在得知世间还存在信任这种东西的时候，就会越发感到不适。如果这样，你便会错失信任的益处。有的时候，信任或许是我们仅剩的依靠。

晴天霹雳

2018年9月11日，瓦尔贝里下着倾盆大雨。走进医院神经科的医生办公室时，我感觉自己就像一名即将奔赴战场的士兵，心中交织着镇定自如和忐忑不安。我已尽力做好准备，迎接可能即将天翻地覆的世界。

开始注意到身体出现异常后，我去看了医生。那年夏天，我接受了一系列非常不愉快的检查。其中一种是用一根针穿过我的舌头，另一种则是在我身体各个部位进行数百次强度渐增的电击。不用说，我也愈发认识到，自己的病情不容小觑。我用谷歌搜索过自己的症状，知道最坏的结果是什么，内心深处的声音告诉我，是时候做好准备迎接现实了。在不带感情色彩地陈述完我的检查结果之后，医生似乎花了一点时间调整自己，接着说出了她希望自己不必说出口的话："比约恩，所有迹象都表明，你得的是渐冻症*。"

渐冻症，短短三个字，却如梦魇一般可怖。这种被杂志小报安上"魔鬼病"称号的疾病，会导致患者肌肉萎缩，直到身体连呼吸的力量都尽失。由于无法依靠现代医学治愈，该病被冠以"绝症"的标签。我告诉医生，我在维基百科上看到，从确诊开始计算，患者通常还有三到五年的生命。"就你的情况而言，我觉得更准确的判断应该是一到五年。"她回答说。在我写这篇文章的时候，时间已经过去一年零九个月了。

我逐渐意识到，生活仿佛在两个不同的维度向前推进。从个人角度而言，这个消息对我造成了巨大的打击，绝望和震惊仿佛在撕扯着我的脏腑，让我扼腕抽泣。但与此同时，我的另一部分仍能保持冷静，用温和的心态和睁大的双眼审视这个新的现实，没有丝毫抗拒。这种感觉虽然奇怪，但并不陌生。我还有**觉知**这个维度可以依靠，这部分的我永远清醒，从不与现实对抗。

这位医生不仅医术高超，情商也很高。她亲切而体贴

---

* 全名为肌萎缩侧索硬化，神经退行性疾病，影响大脑及脊髓中的运动神经元，造成肌肉失控，多发于四十到五十岁的男性。 ——译者注

地与我沟通，而我则呆坐在那里，如同五雷轰顶。我尽可能地控制自己的情绪，想要把她告诉我的每件事都记录在手机上，以免漏掉重要信息。她对我说明了接下来会出现的情况，然后，我便离开了她的办公室。门在我身后关上的那一刻，我彻底崩溃了。我拨通了好友纳维德（Navid）的电话，整个身体都因悲恸而颤抖。我和我亲爱的伊丽莎白已经约定，无论消息是好是坏，都不要通过电话传递，而是等我回家再面对面交流。我们都对可能发生的结果忐忑不安。于是，在纳维德声音的陪伴下，我走过死气沉沉、仿佛永远走不到尽头的医院走廊，穿过倾盆大雨，坐进我的车里。握住方向盘之后，我感觉自己有力气坚持一个人开完剩下的旅程，因此，我们便挂断了电话。然而，剩下的旅程并不容易。

我感觉，悲伤像海浪一样一波波向我袭来。当我驶入高速公路时，悲伤如火山般喷涌，再一次将我压倒。**"我还以为我能和伊丽莎白一起白头偕老，我是多么期待等到她的子女有自己孩子的那一天，看着小家伙们慢慢长大。"**这些让人难以承受的想法，压得我喘不过气来。

因此，我又给另一个朋友打去了电话。他的名字叫作拉斯·古斯塔夫森（Lasse Gustavson），外号"消防员"，是我此生有幸遇到的最善良的人之一。他就像是我生命中一盏真善美的灯塔，即便在风暴最猛烈的海上，在最尖锐而危险的礁石旁，我也能寻求他的帮助，找到光明。而这光明总是坚定地释放着这样一条信号：**一切都自有安排，永远如此。宇宙从不会出错。**

拉斯安抚着我的心灵，离家还有七八分钟车程时，我才足够平静，能够一人继续开完剩下的路程。那一刻，该流的眼泪已经流尽，情绪已然倾泻一空。暴风雨已经过去了，我的身体放松下来，心胸也随之敞开。我的内心毫无波澜，我什么也没想，只是抱持着绝对的正念，安住在宁静之中。

就在我要下高速公路的时候，我的内心中升起了一股力量。那个充满智慧、源自直觉的声音就像过去几次一样，从同一个地方奔涌而出，再次对我娓娓道来。这些话语不像下文中那样冗杂，我也不能确定这些信息能否用文字表达出来，它更像是一种瞬间闪现的画面或概念，但是，其中的信息却明明白白：

感谢周边所有的力量，感谢这些力量一直以来鼓励我诚信正直地生活。感谢你们为我提供了如此宝贵的机会，让我得以展现出自己的美好。我的最后一口呼吸，似乎要远比我

预期的来得早，而现在的我，可以平静地回望过去，问心无愧地说，我没有做过不可原谅之事，没有做过让自己悔之不及或无法弥补的事情，也不必负担沉重的业力。当我的大限来临之时，当我要永远摆脱尘世纷扰之时，我能够坦然地迎接死亡，因为我知道，我已度过了美好的一生。咽下最后一口气的时刻，我将无惧于接下来可能发生的一切。

这一刻来得有些让人措手不及，但神奇的时刻往往如此。这种感觉是如此强烈、美好，几乎充满了喜悦。更重要的是，这个时刻是一种确认。我一直坚信，做一个正派而坦诚的人，用明确的道德准则作为指引，过一种诚信正直的生活，这一点至关重要。而此时此刻，我所经历的一切正在告诉我："你已经做好了充分的准备，能够无怨无悔地面对死亡，无须担惊受怕。"

就这样结束了吗？

　　我从瓦尔贝里医院一路开车回到家，走进门厅的那一刻，我什么也不必解释。伊丽莎白只看着我，就明白我们最担心的事情已经发生。我们紧拥在一起，眼泪不住地流淌。一连几天，我们就这样在泪水中度过。通常，我们会轮流哭泣，仿佛这股悲伤能够感应对方何时有力量提供支持和伸出援手。

　　第三天清晨，我像往常一样早早起床，发现胸口的重压比之前轻缓了一些。早上六点左右，一位朋友打来电话，为了不吵醒伊丽莎白，我轻手轻脚地走进洗衣房，坐在铺着瓷砖的地板上讲话。过了一会儿，伊丽莎白把头探进屋里。我抬起头，她露出那柔软如丝的微笑，用嘴型无声道了一句

"早上好"。我们久久凝视着彼此。我看到，她的双眼终于恢复了昔日的光彩。谢天谢地，没有永远的暴风雨，**一切皆会过去**。

最终，我摸索到了一种较为坦诚的方式来对待我的病情。很难说这是出于接受，还是否认。或许，这并不重要。不管怎样，伊丽莎白和我总算找到了一种可以维系下去的心态。我们俩都不愿将医生的悲观预测视为唯一可能的结果，而是留出一扇门，等待奇迹的发生。我有可能会在当年年底之前离世，但或许，我们还能在一起度过二十年的美好时光。没有人能预知未来。**我们无法预知福祸**。

有一次，我看到一个招牌上写着这样一句话："不要把连自己都不想要的东西强交给别人，比如建议。"

当我在社交媒体上发布自己被诊断患有渐冻症时，我请求大家不要给我提供任何关于健康的建议。即便如此，我还是收到了许多建议。我明白，这是大家对我关心的表现。但是，有一种建议是我无论如何也没法理解的，大致能够总结为：**"我比你更清楚你为什么会得这种病。想要康复，你就必须这样做……"**这类建议大都在盘点造成这种身体疾病的情绪和心理因素。我没法形容这些建议惹得我多么愤愤不平。如此傲慢，如此冒昧，提供不了任何帮助。

然而，出家时学到的经验，却对我助益良多。毕竟，我花了整整十七年的时间，练习如何不妄想未来，以及如何不相信自己的每一个念头。在确诊之后，这些技能变得比以往任何时候都要重要，使得那些骇人的念头稍稍退却了一些，让我不那么纠结于终身与轮椅为伍、无法说话或吞咽时的惨状。相反，我能感觉到另一种东西在我体内生长：一种想要在死前全心全意地活着的强烈感觉。**我不惧怕死亡，只是还没做好停止生活的准备**。

很快，尽可能让自己的生活回归正常，对我来说就变得相当重要。我不想让诊断结果**定义**我的人生。在这种情况下，我们很容易给自己安上受害者的头衔，或者给自己扣上"病人"的身份。我一直留心注意，想要规避这种情况。或许，我选择在确诊后仍然坚持继续巡回演讲，部分原因就在于此。从某种程度来说，我想提醒这个世界，或许也想提醒自己，**我还在这里，还发挥着自己的作用**。

不出所料，渐冻症症状的加剧，为独自旅行造成了一些实际的障碍。我不得不操起许久不用的泰语，请酒店的一位清洁工帮我扣上衬衫和裤子的扣子。我曾在加油站请人帮我把银行卡从缴费机里取回；曾因误判酒店到林雪平市一家剧院的距离，而不得不请一个陌生人搀扶；曾因浑身无力，只得请一个年轻人帮我把行李箱拖过鹅卵石路；也曾在隆德当街跌倒，头部受了重伤，向人们求救。所有这些，都为我提供了练习信任的契机。诸如此类的例子不胜枚举。但随着我在实际生活中需要的帮助越来越多，一个道理也变得越来越清晰：绝大多数人都有乐于助人之心。当一个助人机会摆在眼前时，我们都乐意伸出援手。

第二年冬天，也就是确诊一年多后，我患了两次严重的肺炎。第一次发生在哥斯达黎加，正值圣诞节期间。最后，由于病情太过严重，我被救护飞机送到了首都圣何塞的一家医院。我记得自己躺在那里，喘着粗气，透过塞斯纳小型飞机狭窄的机窗望着外面的星星，心中暗想：**"就这样结束了吗？"**

六周后，肺炎再次发作，但这次，我人在萨尔特舍巴登的家中。二月的一个周六，我的呼吸变得非常困难，凌晨三点，我叫来了救护车。尽管救护车只花了十分钟便及时赶到了，但我的心里还是浮现出同一个念头：**"就这样结束了吗？"**

这两次发病的经历都非常可怕。但我之所以如此恐惧，并不是出于生命似乎走向终结的事实，而是这种终结可能到来的**方式**。窒息而死绝对不在我理想的十大死亡方式之列。

如果渐冻症的症状持续太久、太过煎熬，我当然考虑过到瑞士接受医生辅助自杀*的选项。知道自己还有这样的选择，无异于一种慰藉。但与此同时，我的内心却越发希望让整个过程顺其自然地发展下去。就像一位优秀的船长选择和船只一起沉没一样，我内心的某些东西，不希望在大限来临之前提前退场。

自从确诊后，我的生活中充满了悲恸，但几乎没有怨怒或愤恨。我的悲恸主要因由我无法体验到的事物——所有那些将会与我失之交臂的美好而起。想到我无法在继子们有了自己的孩子时陪在身边，这感觉让我心如刀绞，即便现在谈到这一点，我仍止不住情绪崩溃。另外让我扼腕的，还有我憧憬着能与妻子共度的未来。我是多么希望，能与伊丽莎白一起白头偕老啊。

但是，我从未对渐冻症心生怨怼，对神或命运亦然。没有人承诺我长命百岁，在这一点上，人类就像树上的叶子：大多数树叶一直到枯萎变黄时才掉落，但有些树叶，却会在依然翠绿时飘然落地。

---

* 与安乐死有些许差别，指医生提供药剂等死亡的手段或方法，由病人自己执行自杀。——译者注

一切终将离你而去　　／　33

　　虽然我的心理状态和精神尚好，但不用说，身体一步步被迫放弃的感觉，仍然让人感到揪心。罹患渐冻症的感觉有点像和小偷同住在一个屋檐下：首先袭来的，是你在小偷进来的那一刻感到的强烈不安。放在渐冻症的语境下，这就等同于腰椎穿刺、肌电图和神经成像带来的感受。想象一下，用一根巨大的针和许多细小的针插在非常不舒服的地方，通常还伴随着电击之痛以及熬人的漫长检测。

　　然后，你会慢慢开始注意到，一直放在家里的东西不见了踪影，应该是被小偷拿走了。今天，做卷腹或俯卧撑的能力突然消失；明天，跑步、游泳、划桨、骑车、投掷、抓握或抬举的能力也逐一消失殆尽。你必须适应让别人帮忙剪指甲、系鞋带、开门、做三明治、给车加油、开瓶子、剥香蕉皮、挤牙膏以及成千上万诸如此类的杂事。

渐渐地，你会确凿地发现，如果不把你的一切都夺走，这位小偷是不会善罢甘休的。而根据最先进的医学专业知识判断，你对此完全无能为力。不过谢天谢地，家中还有另一个人：那就是我的伊丽莎白。她堪称现代版的中世纪骑士，如同救难英雄般身披闪亮的盔甲，在激烈的战斗中与我并肩骑行。她打开头盔面罩，对我露出最灿烂的笑容，告诉我："别害怕，我一路都会在你身旁。"这时，你便会坚信，不管事情如何发展，一切都会好起来的。

在两年的时间里，我流失掉了二十千克的肌肉。每一次从沙发上站起来的尝试，都堪称一次考验力量的大工程，结果可成可败。所有需要体能的事情都变得艰难起来，我指的是**所有需要体能的事情**，就连喝茶和刷牙都举步维艰。何况，我用的还是电动牙刷呢。

佛教徒在冥想时，会将主要的精力用于安住此身，但这其中有一个显著的区别：我们**不等同于**自己的肉身，而是**拥有**自己的肉身。佛陀甚至专门有言，说能通过这一寻之身，得见不生不灭之事。

不时患病为身体之本质，幸运的人还能感受衰老，然后终有一天逝去。在进行佛教修行的某个时候，我对人体能够承受的极限有了深刻的体会。有的时候，我会把身体想象成一种太空服，人人都要被灌入自己的太空服中，而我恰好分到了此生的这套太空服。它的质量没有其他人的那么一流，因此似乎磨损得更快一些。但是，这并不是我能控制的。

通过多种途径，出家生活让我在无意之间做好了迎接死亡的准备。佛陀特地强调了铭记人终有一死的价值，这也是我们在森林派传统中所切实遵循的。每一天，我们都要感悟生命无常，总有一天会画上句点。

进入道场的禅堂，首先映入眼帘的，是展示柜里一副完整的人类骨架。头骨的太阳穴上有一个洞，因为骨架的主人是一个开枪自尽的女人。在遗书中，她把自己的尸体留给了道场，用来提醒大家生命的终结。如果走上祭台，走过两尊巨大的黄铜佛像来到后方，你便会发现大约五十个大塑料容器，每个容器里都盛装着一位信众的骨头和骨灰。

我在前文中提过，我们的道场坐落在火葬林旁，因此也负责承办当地所有的丧葬服务。刚接触的时候，葬礼的气氛让我大吃一惊。葬礼上氛围轻松，人们往来甚欢，有说有笑，狂喝碳酸饮料。只有在一场为孩子举行的葬礼上，我才看到有人当众哭泣。

葬礼的流程是这样的：下午的时候，死者的亲属会推着一辆载着棺材的木车从村子里出来，一路唱着歌到火葬林。人们将棺材放在柴堆上，将里面的尸体挪成侧躺姿式。这个环节非常重要，如果有所疏忽，在木柴点燃后，死者的上半身有时会从棺材里立起来。我听说，这与人体肌腱的构造有关。

按照传统，在火化之前，死者的尸体先要放入一口敞口的棺材中，在家中的客厅搁置三天。因此，大家已经适应了斯人已逝的事实。在此补充一句，热带的高温会使未经冷藏的尸体自然分解，这也有助于抹去"死亡"的一切抽象性，将其非常具象地体现出来。

有的时候，我会选择整晚守在火堆旁，看着尸体在火中燃烧，冥思生命的无常和死亡的必然。这些冥思总能让我内心最大的不安平息下来，让某种焦虑得以被安抚。我放松下来，敞开心扉，内心也仿佛变得沁凉舒爽。这是一种极其美好的感觉，仿佛我的身体在面对真相时就看清了它。如果不再逃避，即便是令人不安的真相，也能让我们受益匪浅。

年轻的时候，我浪费了很多时间对自己的外表挑三拣四，抱怨一切不符合我审美的种种。但是现在，我和身体已经拥有了一种崭新的关系。对我来说，我的身体更像是一位老友，长久以来，我们同甘共苦、相濡以沫。现在，我和我的身体都已不再年轻，我的心中满溢着感激之情，想要为我的身体谱写一首赞歌：

感谢你，我的身体，感谢你每时每刻毫无保留的奉献。

我明白，你正在经历一场艰苦卓绝的战斗。

现在所做的每一件事，都需要你付出代价。即便如此，你仍然为我不遗余力。

即使你连所需的空气都无法呼吸。

我正在尽一切努力，只求助你一臂之力。但我知道，这还不够，远远不够。

即便如此，你仍继续奋战，日复一日，倾尽全力。

你是我的英雄。

我保证，如果你再一次丧失了做某件事的能力，我绝不对你心生怨怼。

我保证，要比以前任何时候都更加频繁和用心地倾听你的诉求。

我保证，不会对你提出超出你的能力和意愿的要求。

我要为以前对你的所有苛求道歉。

最后，也是最重要的一点：我要郑重发誓，当你再也坚持不下去的时候，让我们顺从你的意愿。

当那一刻到来之时，我会尽我所能，去放手，去感激；在信任和接纳中安息；从我们曾经拥有的美好人生中汲取快乐；用坚定无畏的声音对你低语：

"放弃我的意愿，遵从你的意愿。"

成为你想在这个世界上
看到的美景

　　我在泰国的第一位住持阿姜帕萨诺，并不以口才雄辩著称。他对讲课根本不感兴趣，之所以勉为其难，是因为这是人们期望住持应做的事情。然而，他的独特之美，却在于天的行住坐卧之间，在他如何为每一个来到他身边的人腾出时间，在他如何用充足的耐心对待每一个人。他的一些访客非常狂妄自大，满心想要吹嘘自己的灵修境界有多高超，以及他们眼中自以为是的成功，有些人则完全堪称粗鲁无礼。即便如此，阿姜帕萨诺仍会用友善和公正对大家一视同仁。身担佛教道场的住持和我们所有人的榜样，这样的责任当然不轻松。但在我看来，他真的做到了名副其实。他言行一致，无论口授任何教诲，都能以身作则。他始终是真心实意、宽厚仁慈的。

一天晚上茶歇时，阿姜帕萨诺对我们论述起自己的思考。恰好在那天，我的母亲问他有多久没回加拿大探亲，或许是这个问题勾起了他特殊的回忆。就这样，他开始讲述起十六年来第一次回家时的情景：

那是圣诞节期间，他待在父母家里，与一大家人聚在一起过节。一天深夜，阿姜帕萨诺和一位正在喝威士忌的堂兄弟坐在桌旁，过了一会儿，这位堂兄弟又倒了一杯，推给阿姜帕萨诺。

"喝一杯吧？"

"不用了，谢谢你。在我们的传统里，僧尼是不喝酒的。"

"嗨，得了吧，"那位堂兄弟劝诱道："反正又没人知道。"

阿姜帕萨诺抬头看着他，平静而真诚地回答道：

"但我知道。"

记得当他这句话说出口时，我后颈的汗毛都竖了起来。对我来说，让我安心、信任和尊重的人所传递的信息，有时会显得更有分量。由于我对于说话者充满信任，即便是出自这些人之口的简单直白的道理，也能直接触动我的内心深处。对我来说，阿姜帕萨诺就在这些人之列。正因如此，这个时刻才给我如此大的启发，也让我得到了有生以来最为撼动人心的提醒，让我意识到正直诚信的生活的价值。我想要**这样**将道德准则落到实处，也想要**这样**为自己的言行负责。

我之所以想要堂堂正正地过活，将正确的道德指南针奉为指引，并不是因为这是某本书的主旨，或是哪本落满灰尘的古老宗教手册上的教义；不是因为我想在别人面前表现得正派高洁，也不是因为云端有什么高踞宝座的银发老人在评判我们的一言一行。而是因为，我会记得！

让我感到羞耻的事情，担心别人发现的事情，知道自己做错了的事情，**这些**，全都是沉重的负担。拖着这些负担行走，多么劳神费心。想象一下：远离阴影、不因亏心事而笼罩在痛苦的回忆中，这样走完一生的旅程，该有多么美好。

正因如此，我们不应为一己之利诓骗他人，不要为了暂时满足自己的私欲而伤害他人，也不该为了方便自己而编造或扭曲事实。

所有这些倾向，都存在于人性之中。大多数时候，这些都是唾手可得的选择。然而，当我们能够主动选择对自己的言行负起责任时，美好的事情就会随之发生，负罪所带来的重担也随之减轻。这样做不仅仅是为了别人，更是为了我们自己。

在泰国有一句妙语，人们会说，"在佛陀背后贴金"。

这种说法源于一种传统，即人们会定期带着一片金箔、一些蜡烛和熏香到寺庙去，冥想一会儿，然后把这些礼物供奉出去，以示对宗教的尊重。泰国的大多数佛像都覆着金箔。这种说法意在表达，善行是不必大肆宣传的。把金箔贴在佛陀背上没人看得见的地方，这颇有些令人欣喜的意味，尤其是从象征的意义来说。别人是否知道并不重要，**你自己**心知肚明就行。而你需要时时刻刻面对的人，就是自己。我们的行为和记忆，就像我们浸在其中的洗澡水。水是干净还是浑浊，取决于我们自己。

对于什么才是伦理和道德上的正确，我们可以永无止境地讨论下去。几千年来，哲学家们为这些问题绞尽脑汁。但是，对我来说，这一切都可以归结为一个简单的事实：我有良知，我记得我的所做和所言。这些东西就是我的行李，我可以选择带什么样的行李上路。

那么，从道德领域来说，我们要对什么负责呢？很明显，我们不必为心中的冲动愧疚。无论如何掩饰，每个人的心中都时不时会涌现疯狂的冲动。我们的住持曾经给我们讲过一个事例，很好地说明了这一点。那是20世纪70年代美国总统选举期间发生的一件事。参加竞选的吉米·卡特[*]（Jimmy Carter）本来很有可能胜出。在一次采访中，一名记者问他："你出过轨吗？"吉米·卡特回答说："我的肉体从没有出过轨，但精神上却有许多次。"这个回答，让民众对他的信心一落千丈。但是，正如我们的老师告诉我们的：如果那次采访发生在一个更加开明的文化中，民众对他的信心便会不降反升。因为，还有什么能比这更符合人性的呢？每个人都对此深有体会。冲动是原始而根深蒂固的，我们不必为之负责。

但从另一方面来说，一个人若是足够成熟，懂得有效地控制自己的冲动，当然是件好事。这样的人能够谨慎挑选，分清哪些冲动可以付诸实践，哪些则是过眼云烟。

佛陀对这一点的描述尤为精妙：一个对自己的言行负责、照见真理、遵循规则、不故意伤害他人的人，就如热带夜空中的满月，从云层之后缓缓现身，照亮整片大地。

年轻时，我看过一部名叫《小巨人》（Little Big Man）的西部片。影片中有一位名叫"老帐篷皮"的印第安酋长。

---

[*] 美国政治家与社会活动家，于1977年到1981年担任美国第三十九任总统，1980年竞选连任失败。——译者注

"老帐篷皮"一生坎坷，一天早上，他从自己的印第安圆锥帐篷里钻出，宣布："今天是个死去的好日子。"这，就是我希望死亡降临的方式。死神啊，我会欢迎你的到来，就像欢迎一位好友一样。你在我的耳边低语："**一切总有终结的一天，不要在身后留下任何阴影。**"这句话，让我学会了用正确的视角和心态面对人生。

正是因为生命会骤然结束，所以选择如何生活就很重要。无论是否相信因果报应，我们所背负的行李，仍会影响到我们对过去、现在和未来的感受。

所有的精神传统都在强调铭记人终有一死的重要性，这并非巧合。在人生中做出决定和寻找前进的方向时，请将这一点谨记在心。我们**可以**做出选择，展现出自己美好的一面。今天比昨天多展现一些，明天比今天再多展现一些。人生苦短，真正参透这一点，不再把彼此和所拥有的东西视为理所当然，我们便会选择不同的方式度过此生。

我们无法影响一切可能发生的结果，也不能让每件事都按照我们希望的方式发展。然而，我们仍可以选择以最为光明美好的意图作为出发点。我们有能力对自己言行的道德品质负责。这可不是一件小事，而是一件关系重大的事，而且是你我都能做到的事。想要拥有更加美好的内心，无须等待他人做出改变。就是这么简单。

　　我想，任何一个十岁大的普通孩子都能或多或少地列举出一些人类美好的品质：比如耐心、慷慨、乐于助人、诚实、认真、宽容、设身处地地为他人着想、同理心、倾听、同情、理解、体贴。识别这些品质，并不困难。但我却感觉，西方的文化并不总鼓励我们把这些品质彰显出来。正因如此，我们才要强调这些品质，提醒我们堂堂正正做人，抓住机会展现自己最美好的一面。在这个世界上，我想象不出还有什么比这更重要的事情了。

　　这是否意味着，我们必须弥补人性的所有缺陷，解决全世界所有的问题？我们难道全都必须化身为"圣雄甘地"吗？绝非如此。天生具备这种品质的人，似乎只是人群中的一小撮，他们会将美德付诸宏伟的创举之中。这的确很值得赞颂。但是，选择在我们自己眼前的一亩三分地采取行动，也同样有价值。请注意日常的一举一动，在生活中打造小而美的奇迹。稍稍踏出自己的舒适圈，不要囿于只做驾轻就熟的事，而是多一点耐心、宽容、慷慨、诚实和支持。实际上，生活就是由许多小事组成的，而小事积累在一起，就变成了大事。

　　每个人的人生中，都已经有足够多的挑战。每个人每天都要面临各种难以抉择的十字路口：我应该选择省劲的那条路，还是选择充满慷慨、美好、包容和关怀的那条路？从长远来看，这两条路通往的目的地截然不同。

当我们关注自己内心的道德指南针时，生活便会变得更加轻松和自由，在我看来，这样的实例比比皆是。我们并非生活在一个毫无章法、冷漠无情的宇宙中。恰恰相反。这个现实之中存在着一种共鸣，宇宙会对我们言行背后的意图予以回应。我们发出的能量，最终会返回到我们身上。世界没有应该的样子，你的世界是**你**眼中的样子，所以，请成为你想在这个世界上看到的美景。

有这么一个让我印象深刻的故事，讲述了一个沿着海滩散步的小女孩的故事。那是一个暴风雨过后的清晨，海浪把数不清的海星冲上海滩。小女孩捡起一只海星，把它扔回海里，又捡起一只，同样扔了回去。这时，一位脾气乖戾的老人走了过来。

"小姑娘，你在干什么呢？"

"我要救海星，把它们扔回海里。"

"可是，孩子，这海滩上的海星肯定得有成千上万。你扔回去的区区几只根本没有什么意义，你明白我的意思吗？"

小女孩毫不气馁，又捡起了一只海星扔回海中，回答道：

"但对于这只海星，这关乎生死。"

出家十七年后，我有将近二十年的流行文化需要恶补，不仅有书要读，还有电影和电视要看，而我也做了一些大胆的尝试。我非常喜欢的一部电视剧，是刚推出不久的挪威剧《羞耻》（*Skam*）。这部剧完全从青少年自己的视角出发，对青春进行了精彩的描绘。剧中，成年人只担任衬托主角的背景，连在屏幕上露脸的机会都寥寥无几。

剧中最吸引人的一个角色名叫诺拉。她外表甜美，但内心更加可爱，我被她深深地迷住了。我觉得，她就是那种许多人梦想中的朋友，只有我们中的一些幸运儿，才能在现实生活中拥有这样的好友。她是那种会永远支持你的朋友，永远和你站在同一战线。为了帮助你，她不惜远离自己的舒适区。你可以毫无保留地信任这样的朋友，因为你们之间铺垫了那么多深厚的友谊，即使在你不愿倾听的时候，她仍会为你送上逆耳忠言。

在一场戏中，诺拉正在吹头发，镜子的左侧有一张便利贴，上面写着：

你遇到的每个人

都在经历一场

你一无所知的战斗

因此，请务必永远

与人为善。

父 亲

　　2018年9月在瓦尔贝里医院的那个雨天，并不是死神第一次把瘦骨嶙峋的手指搭在我肩上。短短几个月前，在6月初一个阳光明媚的下午，我在父母位于法尔斯特布的避暑别墅里，就已经感受到了死神的降临。父母每次都能让我感觉到，我是他们在这个世界上最盼望踏进家门的人，这一天也不例外。但在拥抱过后，我注意到空气中弥漫着一种凝重的氛围。父亲发话了："比约恩，有件事我们想要告诉你。我们坐下谈吧。"于是，我们坐了下来。父亲像往常一样直入主题："我得了慢性阻塞性肺病。时间不等人，我能活的日子可能已经不长了。"

　　他说这话时完全没有情感波澜，话落便沉默了下来。我感觉，接下来该轮到我说些什么了。与此同时，我的内心却掀起了一场狂风暴雨。在这个节骨眼上，我必须得说点通情达理的话。经过一番激烈的思考，我说了一句："你这一生没有白来一遭。"毕竟，父亲已经有八十四岁高龄了。他拍了拍自己膝盖，说："我就知道，你会理解的！"然后，他接着说："比约恩，还有一件事。我不想在医院里缓慢而痛苦地死去。我想在疾病夺走我的生命之前，自己做个了结。"

对我来说，这句话听起来并不像大家想象的那么刺耳。这是因为，二十年来，父亲一直在说同样的话。如果有一天，他觉得自己的生命不再值得延续，便有权自己选择了结。在我出家的这些年里，由于佛法的戒规，我无法支持他的立场。在任何情况下，僧尼都不能鼓励人们结束自己的生命。但现在，我对这个问题有了不同的看法。

由于辅助自杀在瑞典非法，加上时间紧迫，我和兄弟们立即着手帮助父亲实现愿望。我们在瑞士找到了一家组织，当月的月底，我们就排到了一个日期：7月26日，在医生的协助下，父亲将在巴塞尔毫无痛苦地死去。当然，为死亡定下确切的日期，这感觉很奇怪。我从未感到时间像现在一样有限。2018年的夏天不仅是我记忆中最炎热的夏天，同时也是最悲伤的夏天。那年夏天，Spotify*充当了我的丧亲咨询师。

我们打算带着音响到巴塞尔去，在播放列表里塞满埃弗特·陶布**（Evert Taube）的歌曲和苏格兰风笛曲，陪伴父

---

* 国内译为"声田""声破天"等，瑞典线上音乐流媒体平台。——译者注
** 瑞典作家、艺术家、作曲家兼歌手。　——译者注

亲走完最后一程。拂晓时分，整个世界还在酣睡，这却是我用来悲思的时间。我经常独自坐在电脑前，为即将启程的瑞士之行做准备。在处理医疗文件、护照复印件、银行手续、机票和酒店预订等杂事的间隙，我会时不时抽出身来，从给父亲制作的播放列表选一两首歌听。当听到风笛演奏的《奇异恩典》（*Amazing Grace*）时，我仍然难以自已，父亲也一样。

这一天终究还是来临了。母亲、父亲、我的三位兄弟和我一起，齐聚在瑞士的酒店。巴塞尔的天气，要比瑞典更加酷热。一如刚刚过去的一个半月，一家人继续在悲喜之中穿梭，时而欢声笑语，时而插科打诨，时而感今思昔。然而，在这些时刻之间，我们也会猛然意识到，面前的命运已然近在咫尺，压得我们说不出话来。不过倒也无妨，因为在这样的时刻，眼神要比语言更能表达情感。当父亲开口说话时，会更加注重表达自己的理解与感激之情。

早餐后，一辆出租车把我们带到巴塞尔郊区。我们来到一间舒适的房间，房间的正中央放着一张床。医生给我们讲解了接下来的流程。父亲在床上躺下，手臂插上了一根静脉注射管。然后，医生离开了房间，给我们一些私人空间。

我们播放起事先准备好的音乐。斯文-伯蒂尔·陶布[*]（Sven-Bertil Taube）的声音充斥在整个房间之中。我猜没有一个人能料到，在经历了一个月的哀伤之后，我们还有这么多的眼泪可流。我们大错特错了。我注意到，我们是在轮番哭泣。无论谁需要一个可以依靠的肩膀，就会有人把肩膀借出去。等到这个人心情平静下来之后，便会环顾四周，看看需不需要把自己的肩膀借给另一个人。不到一个小时，我们用来擦泪的纸巾便塞满了一只正常大小的垃圾桶。父亲绝对堪称我们之中最平静的人。

对于人死后会发生什么，我和父亲的看法始终迥然不同。父亲坚信，人死后眼前一黑，帷幕落下，然后一切归于虚无。因此，在我最后一次拥抱他时，我当然要在他耳边低声嘱咐："爸爸，如果你走后发现还有其他事情继续存在，一定要好好想想我说'我早就告诉过你'时的样子。"父亲听后，笑了起来。

每个人依次与父亲进行最后的道别。母亲捧着一大束黄玫瑰道别，这是父亲最喜欢的花。经历了六十年坚贞不渝的爱，两人之间已经几乎无须再用语言传递什么。他俩感恩对方所做的一切时彼此凝视的眼神，让我终生难忘。这眼神之

---

[*] 瑞典歌手和演员，埃弗特·陶布之子，曾翻唱其父的作品。——译者注

中当然带着爱，但同时也带着一种敬重。我何德何能，竟能在人生中有幸亲眼目睹这样的敬重，仿佛他们从未把对方的爱视作理所当然。

到了叫医生回来的时候了，我感觉，对于这个难以面对的时刻，我们已经尽己所能地做好了准备。我们有一个月的时间说再见，有时间把想要对彼此诉说的话语娓娓道来。我们围坐在父亲的床边，紧紧拥抱着彼此，也紧紧拥抱着他。医生站在输液架的后面。父亲的双眼，与我们每个人一一眼神交汇。

然后，父亲打开了输液开关。

我们被告知，父亲会在三十到四十秒内死亡。然而，两分钟过去了，什么也没有发生。父亲转向医生问道："喂，克里斯蒂安，你确定你在静脉注射管里放的东西没问题吗？"

不用说，我们大家都破涕为笑。

而骤然之间，一种强烈的情感涌入父亲的眼睛。他转向我和我的三位兄弟，说出了他此生最后一句话。这句充满爱意的告诫之中，带着属于他的深深烙印。我想，我们每个人都会把这句话永世铭记于心。

几秒钟之后，伴随着埃弗特·陶布的《丽妮尔》（*Linnéa*），父亲身上的每一块肌肉同时停止了活动。死亡在瞬间发生。我注意到,父亲那温柔而真诚的脸上,掠过一丝出乎意料的表情。这是一种孩童一般发自内心的惊叹。仿佛他在最狂野的梦幻中也没有想到,这就是人死后发生的事。

父亲去世后的最初几分钟,仿佛生命本身都屏住了呼吸,一切都凝结不动。医生离开了房间,我们看着父亲,又彼此对视,没有人知道该说些什么。这个时刻是如此庄严肃穆,言语显得如此苍白无力。最后,有人为父亲阖上双眼。母亲温柔地抚平了他不羁的眉毛。我们隔着毛毯轻轻拍了拍他。房间里的光线是一种鲜亮的黄色,这颜色来自玫瑰、壁纸、窗帘以及窗外天空中的太阳。

呼吸、咳嗽以及孱弱的身体,这些已让父亲煎熬的一切,都画上了句号。他按自己的意愿,离开了人世。

渐渐地,仿佛咒语被慢慢破除一般,大家开始交谈起来。我从没有和家人提起这件事,但在我看来,父亲的灵魂在他走后大约半小时便出了窍。那个时刻非常明确而具体,从那一刻之后,留下的,便只剩一具躯壳。

就这样,我们的父亲,母亲的人生伴侣,永远离开了我们。

最后,母亲和我的兄弟们回到了巴塞尔城区,我主动提出留下来。我们之中，必须有人留在这里 。由于我最后两年的出家生活是在瑞士度过的，所以我至少还能用德语进行一些日常对话。

与父亲的遗体单独待在一起时，我点燃了一支蜡烛，顶礼三次，然后开始唱起偈颂。我所吟唱的，是我在出家时日渐喜爱的一首偈颂。我曾与我的僧尼朋友一起，在数百具遗体前唱过这首偈颂，慰藉他们逝去的灵魂。当然，在做这样的选择之前，我已在父亲去世前征得了他的同意。与此同时，在四大洲的八九座佛教道场中，人们也在为我的父亲吟唱祈福。

之后，我冥想了一段时间，一来助父亲往生，二来也提醒自己，与所有人一样，我的身体终有一天也会经历与父亲一样的命运。没有人知道，我们的沙漏中还剩下多少时间。

宽 恕

　　或许，我们要在与死神近距离接触之后才能真正明白，我们不会永远与彼此相伴。从理智层面来说，我们当然很清楚人终有一死。然而，想要让这种认知和洞见从我们的大脑下沉，渗透到全身的细胞，却要经过一生的历练。话虽如此，但这场历练是值得的。

　　当我们不再把生命视为理所当然时，会发生什么？当我们彻彻底底、刻骨铭心地理解我们不可能永远与彼此相伴时，会发生什么？这样一来，我们便再也没有时间蹉跎人生了。总有一天，我们将不得不和每一个在我们生命中占有一席之地的人道别。我们唯一可以确定的事情，就是我们不可能永远彼此相伴。除此之外，其他的一切都只是**可能**。将这一点铭记于心，我们便会意识到，面对他人和生活本身的方式只有一种：那就是温柔以待。

是否有人需要听到你的一声"对不起"？那么，请不要再拖延。

是否有人需要听到某些话语才能解开心结，而这些话只有从你的口中说出，对方才能真正听进心里？那么，请不要再退缩。

你是否有什么现在还能补救的悔恨？那么，请赶快拿出行动。

或许，你的生活中存在某些让你感觉无法原谅的人或事？现实有时就是如此。但有的时候，尝试以下这种想法，或许会帮你解开心结：如果你和这个人有着相同的DNA，相同的业力，相同的编码，如果你和这个人有着完全相同的成长环境，身边围绕着同样的亲人朋友，拥有同样的经历，那么，你的所作所为便很可能与对方完全相同。

我不否认这个世界上存在着让人无法理解的邪恶，但这不是我要讨论的重点。即使在所谓"正常"的生活中，我们也会遭遇应受口诛笔伐的卑鄙、残酷的行为。我们可以对这些行为加以谴责，但不必对犯下罪行的人关上心门。真正学会将人与其行为区分开来时，便标志着我们在人生修行中的精进。想要在爱中成长，就算只是出于温柔对待每一个人和每一件事所带来的美好感觉，这并不意味着你是个软弱的窝囊废。遇到有人行为过火或不端时，你仍完全可以严正拒绝。但是，你有能力把事件和人区分开来。

我所说的这些，有没有戳到你的痛处？或许在你的生命中，也存在着一个你一直不愿敞开心扉接纳的人？这完全可以理解。和解与宽恕并非易事，但请试着客观而冷静地评估你的感受所带来的影响。当你对某人关上心扉时，会造成怎样的效果？**对方**或许不会受到明显的伤害，但**你自己**却反倒成了受害人。你会因为这件事变得比以前更加渺小和狭隘，在心中种下怨恨的种子。如果你选择频繁提醒自己想起这个无法原谅的人，就会让怨恨的种子生根发芽，让你自己承受实质性的伤害，而对方却毫发无伤。

一直以来，我都对一些战争残留士兵很感兴趣。这是一群拒绝相信世界大战已经结束的人，有些人在和平恢复后仍在原位坚守了几十年，随时备好武器待命。他们怎么都不相信战争已经结束，**无论如何**都拒绝投降！

我们自己也往往会犯这个错误，由于一心投入战斗而忽略了和平的信号。到了最后，我们才意识到**战争已经结束**。但其实，战争已经结束很久了。与自己达成的和平，是所有和平中最为重要的。一旦与自己和解，许多事情便会自然而然地迎刃而解。

"战争结束，举起白旗"，只有这时，我们才能迈出和解的第一步。想要原谅、和解并继续生活，我们不能指望别人先采取行动。

战争始于自己，也终于自己。

早年出家时的一件事，会偶然浮现在我的脑海中。这个例子让我清楚地看到，我们应该如何放下对于不公对待的执念。

每年一月份，我们都会祭奠阿姜查。他是我们道场的创始人，也是森林派传统中一位具有重要地位的僧侣。按照传统，我们会在祭日祭奠，缅怀大师的逝世。我初到道场短短十二天，阿姜查便入寂了。这个纪念仪式在世界各地流传开来，每年都有来自不同国家的僧尼和我们一起举行仪式。有一位来自英国的上座会定期来参加仪式，他是一个大家都觉得很难相处的人。于是，随着他到访时间的临近，老师这样嘱咐我们："大家听好了，我们一定要给这位僧侣五星级的待遇。在他和我们共处的短短几天里，我们要让他觉得自己是一位受人爱戴的大师。"

这个观点的出发点很好，也引起了我们的共鸣。我们要接待一位很多人都不愿与之打交道的僧侣，他有点难以相处，而且性格古怪，而我们偏要尽力与他搞好关系。实际上，我们也是这么做的。

一天晚上，我和那位上座坐在他的僧寮外，帮他按摩双脚。按摩文化在森林派的传统中根深蒂固，我们也常会帮彼此揉脚。一般来说，是年轻的僧侣为年长的僧侣按摩。这也像是一个借口，可以借机和他们待在一起，听他们分享故事和智慧箴言。大多数西方人一开始都会感到尴尬，但对于更习惯身体接触的泰国人而言，这种行为似乎更自然。

有人告诉我，作为泰国人的阿姜查，曾经问来自西方的上座阿姜苏美多，有没有给他的父亲揉过脚。阿姜苏美多生于1934年，又在美国文化中长大，于是嫌恶地回答："这怎么可能！"阿姜查平静地反驳："或许就是因为这个原因，你才会有那么多的问题。"

我坐在那里，拿着一小块布、一瓶精油和我自己做的木头按摩棒(只限于按摩脚！)为他按摩。我们用僧侣间惯常的方式相处，气氛轻松愉快。这位英国僧侣开始给我讲述起他美好的往昔，讲他遇到过的大师和冒险的经历。我们正说得高兴，无意间提到了一个人名——我们森林派传统中另一位上座的名字。谁知，那个英国僧侣像变了一个人一样，气愤、粗鲁、怨怼和仇恨一涌而上。他开始跟我细数那位上座在很久以前做错的事情，诉说这一切有多么不公。当时的我还未经世事，于是脱口而出："我知道了。但这毕竟是二十二年前的陈年旧事，是不是该放手了？"

容我给大家一个建议：永远不要劝一个心烦意乱的人放手。这句话很少能得到对方的认可，也几乎达不到预期的效果。我们唯一应该奉劝放手的人是我们自己，只有在劝自己时，这句话才有效。然而，当时的我还没有汲取这个教训。我的话没有达到预期的效果，那位忿忿不平的僧侣的不满不但没有一丝减轻，恐怕还**不减反增**了一些。

离开他的僧寮后，我花了一些时间认真思考刚才发生的事情。我觉得，那位充满怨恨的僧侣几乎每天都会回忆那些不公，也就是那些在**他眼中**让他枉受的冤枉。通过频繁回忆，他对这些不公历历在目，仿佛不久前才刚刚发生。我们可以说，他的怨恨处于"在线"状态，每周七天，每天二十四小时都时时可见。

在这个事例中，有一点值得我们留心，而这，也是宽容得以成为自由之匙的原因所在：让自己与已经发生的事情和解，其意义不在于成为更有肚量的人，而是为了保护我们自己的心理健康，对装入大脑的情绪进行筛选。

在森林派中，我最喜欢的人物之一是泰国僧侣龙婆顿[*]（Luang Por Doon）。他不仅拥有非凡的智慧，而且在冥想方面也经验丰富。当时的泰王和王后都是龙婆顿的信徒，经常长途跋涉去看望他，给他赠送礼物，并向他提问。有一次，泰王恭恭敬敬地问道："龙婆顿，请问您动过怒吗？"这是一个敏感的话题，因为东方宗教非常重视心平气和，不被强烈的情绪和激动的反应冲昏头脑，是一种令人钦佩的品质。龙婆顿用泰语回答道："Mee, date mai aow."大致意思是："愤怒之心会升起，但却无所占据。"

我喜欢这个故事，因为这让我们看到，当我们的内心空间宽广到足以容纳所有的感受时，生活会是什么模样。这并不是说，那些我们视为负面或煎熬的感受会烟消云散，而意味着我们不再认同这些感受，不让这些感受占据我们的内心。如此一来，这些感受便再也无法伤害我们，或是迫使我们做出后悔之事。

---

[*] 龙婆在泰文中是针对僧人的一种尊称，意为长老、亲爱的父亲。——译者注

由浅至真

/ **37**

　　有时，人们听到我的故事之后，便会赞叹道："想想看，你学到了多少东西呀！"事实或许如此，但我并不觉得自己的背上扛着一大袋沉重的永恒智慧。恰恰相反，我的生活从未像现在一样轻松。自我所占的空间越来越少，留给生命的空间越来越多。这让我变得更加明智，而这种明智更像是小熊维尼的智慧，而不是兔子瑞比的聪明。如今，在生命风雨飘摇时，觉知是我唯一信任的东西。我会抓住所有机会，放下对于痛苦感受的抗拒。我会试着去欢迎这些感受，把注意力放在呼吸上。这感觉有点像姆明爸爸，他会凝视着大海，说："孩子们，暴风雨就要来了。来，让我们开船出海吧！"

　　我渐渐开始明白，我可以学着倾听一种更加明智的声音，可以学会与生活共舞，而不是试图掌控它。这种意识来得虽然缓慢，却准确无疑。我明白，面对生活，我应该张开手掌，而不是因恐惧而握紧拳头。我非常不愿意误导任何人，让大家认为必须经历十七年的出家生活，才能获得我所说的那种智慧。这种智慧就在手边，比我们想象得更近。印度教中有句谚语：**神把最珍贵的珠宝藏在他确定你永远不会去找的地方：那就是你自己的口袋里。**

一天晚上，在泰国道场里的一堂课，勾起了我对这句箴言的回忆。夜间冥想后，阿姜裂亚裟柔临时决定讲课，每周，他都会这样即兴讲一两次课。那天晚上，他为我们描述了英国广播公司对泰国国王的采访。一位英国记者问国王，他对西方基督教关于原罪的观点有何看法。国王给出了一个绝妙的回答：

"作为佛教徒，我们不相信原罪，而是相信心性本净。"

听到这句话，在坐垫上打坐的我不禁一颤。内心的那个声音，那个经常提醒我不够好的声音，会不会是错误的呢？

与之相反，许多灵性和宗教传统向来坚信，我们人类坚不可摧的内核是完全纯净无邪的，这个理念，会不会才是真正的真理？人之心性本净，原来如此，未来亦然。

此生终有道别时　　/ **38**

　　本书成书期间，新型冠状病毒感染正在瑞典和世界大部分地区肆虐。鉴于我的疾病，彻底的隔离显然是当务之急。隔离的好处之一，就是我开始每两周与我身在英国最好的僧友阿姜索西托用视频聊天。一天，他给我读了一则南非的短篇故事。故事的最后一幕，讲述了两个素昧平生的人之间感人肺腑的慷慨善举。

　　在我有幸认识的所有人当中，阿姜索西托是心胸最为宽广的一个，因此，这个从他口中说出的故事也更加让我深受感动。我泪流满面，好不容易才挤出一句话来："在当下，这样的善举才是唯一重要的事！"

　　阿姜索西托平静地回答："不只在当下重要，而是向来都很重要。只不过，这场疫情剥去了表面的浮尘，更加凸显出善举的重要性罢了。"

不用说，对于我而言，这个问题分外紧迫：**"对于现在的我来说，什么才是真正重要的？"**

取悦他人，已经变得不那么重要了。在以前，虽然我不想在意，却每每为之挂心。

表达感激之情，却显得愈发意义重大。因为大多数人都像我一样：他们不知道，自己有多么受人珍视。

每时每刻都活在当下，不因纠结事情所谓该有或可能的样子而心有挂碍，这一点，从未像现在一样重要。

我的社交圈越来越小。我对最亲近的人越来越关注，我想要百分之百地确保他们知道，我有多么喜欢他们。

开心玩乐变得越来越重要，发表看法已经变得不那么重要。曾有人问森林派传奇人物阿姜查："对于你来自西方的信徒而言，开悟之路上最大的障碍是什么？"他给出了一个绝妙的回答。答案虽然只有一个单词，但一语中的，那就是："看法。"

与自己友好相处，从未像现在这样重要。这才是最考验人的挑战。是时候温柔倾听自己的心声了。友善地与自己对话，多给自己一些耐心，就好像你在心情舒畅时对待别人那样。请更加幽默豁达地对待自己。

对我来说，每天早上和伊丽莎白一起冥想非常重要。随着一次接一次的呼吸，慢慢放下脑中的念头，渐渐回归原初的状态。这种状态在我降生前便存在于我的体内，在我的肉身死去之后仍会继续延续。

对我来说，这就像是一种我一生梦寐以求却又难以名状的状态。仿佛一个从我记事起便一直栖在我肩头的声音，低声呢喃着："回家吧！"

那么，我们该如何找到回家的归途呢？到目前为止，我所听到的对于这个问题最好的回答，来自埃克哈特大师（Meister Eckhart）。他是十四世纪早期的一位德国牧师，据传已经开悟。在一次礼拜日的布道之后，一位年长的教友走到他面前说："埃克哈特大师，显然，您已经遇见了上帝。请帮助我像您一样认识上帝吧。但是，我的记忆力正在衰退，因此，您的建议必须简短明了。"

"非常简单，"埃克哈特大师回答："要像我这样遇见上帝，你只需彻底悟出，是谁在透过你的双眼向外看。"

出家几年之后，一天下午，我一边在丛林竹茅屋外的冥想步道上行禅，一边聆听一位名叫阿姜布拉姆（Ajahn

Brahm）的僧侣的讲座录音。在谈论死亡时，他说了这样一句话："当我的大限到来时，我希望那感觉就像踏入凉爽的晚风之中，犹如刚刚听完齐柏林飞艇*的精彩演唱会一般飘飘欲仙。"我完全理解他话中的意思。现在，此生的最后一口气或许来得要比我预想得更快，在向那一刻靠近的同时，我也怀揣着与他一样的感触。值得庆幸的是，在回顾此生时，我的心中不但没有一丝遗憾和焦虑，还能够带着难抑的惊叹与感恩感叹：

哇，这是一段多么美妙的旅程，多么精彩的冒险啊！谁能猜得到呢?！我何德何能，竟能有这么多的经历？我感觉，我这辈子仿佛度过了别人的三生一般。

为什么我总能与比我更加聪明、心胸更加宽广的人在一起共处？

我做过那么多轻率鲁莽，甚至堪称铤而走险的事情，为什么竟没有频频陷入绝境之中？

我才疏学浅，可为何能得到这么多人如此的喜爱？

我从来不会制订什么计划，但为何事情到最后都进展得

这么顺利?

从前,有一位充满智慧而受人爱戴的僧侣,名叫龙婆君(Luang Por Jun)。在漫漫人生的晚年,他被诊断出患有一种恶性程度很高的肝癌,生存概率微乎其微。尽管如此,医生还是向他提出了一个漫长而复杂的治疗方案,包括放疗、化疗和手术。医生讲完治疗方案后,龙婆君用温暖而无畏的双眼看着陪他同来的僧友,说:"医生难道不会死吗?"

我是在确诊后才听到这个故事的,从那以后,这个故事便一直萦绕在我的脑海中,深深触动着我。

在我们的文化中,主流叙事为何总要把面对死亡塑造成奋起战斗、殊死抵抗和拒绝接受的英雄故事呢?为什么死亡总被描绘成一个需要被打败的敌人,或是一种耻辱和失败?我不喜欢把死亡视为"生命"的反义词,而是更习惯将其看作"降生"的反义词。我一直有一种与生俱来的信念,那就是人死后仍然还有延续,当然,我无法证明这一点。有的时候,我甚至感觉一场奇妙的冒险正在等待着我。

无论大限何时到来,当我要咽下最后一口气时,请不要让我努力抵抗。相反,请尽一切努力,帮助我放手。告诉我,你们会好好地活下去,会紧紧彼此相守。请提醒我记起我们需要感恩的一切。请让我看到你们展开的掌心，好让我想起，我要顺其自然地迎接这一刻的到来。

伊丽莎白，如果当时的你还不在我的床上，那就请爬上床来，把我紧拥在怀中。请看着我的眼睛，我希望，此生见到的最后一幕，就是你的双眸。

致谢

THANK

鉴于大家眼前的确有一本书，因此，大家如果觉得我写了一本书，也确实情有可原。我很向往成为一本书的作者，但从另一方面来说，我对于真正写书的过程可就没那么享受了。

为了表达诚意，邦尼尔出版社于2011年提出与我签订一份出书协议，又在2016年再次发出邀请。然而，事实证明，写作焦虑和完美主义是两位可怕的对手，这两次的尝试，都以我的败北告终。

然而，邦尼尔出版社不愿承认失败，他们派出了旗下最不屈不挠的侦查员兼追踪者马丁·兰斯加特（Martin Ransgart），想要"引蛇出洞"。当时，我正在进行"自由之匙"巡回演讲，已经放弃了写书的念头。但是，马丁却不达目的不罢休。他就像是一只猛然从匣子里蹦出的玩偶，在演讲厅和电影首映式上频频现身，不停地通过短信、电话、电子邮件和脸书私信对我轮番轰炸。面对如此的锲而不舍，我觉得自己再不回应怎么也说不过去，于是最终让步答应了。但我也清楚地表示，我需要帮助。

这本书能顺利完成，必须向我的巡演经理人卡罗琳·班克勒致上最深厚、最诚挚的谢意。凭借自己的语言才华和对我表达方式的直观把握，她在这本书的整个创作过程中给了我巨大的帮助。然后，我的播客搭档纳维德·莫迪里也对书中的章节和标题进行了适当的调整，让整本书更加趣味横生，也让阅读体验更加愉快。卡罗琳和我对他的调整提出了一些修改建议，以保持这本书的独特风格。邦尼尔出版社的编辑英格马·E. 尼尔森（Ingemar E. Nilsson）在校订过程中发挥了无可取代的作用，慷慨地分享了自己强大的专业能力、创意才思以及温情体恤。林纳斯·林德格伦（Linus Lindgren）完成了许多繁重的工作，整理和誊写了我在无数播客、讲座以及指导冥想中的发言，以及两次做客瑞典广播电台的《夏天》栏目时的内容。

我希望这本书的好不言而喻，希望它能够触动大家的心灵。希望大家能时不时地重读这本书，也希望书中的某些段落和想法成为你们人生中的伴侣。但愿这本书能够变成各位的朋友，在一切顺遂的时候带来欢乐和激励；在遇到困难的时候给予慰藉，帮助大家重拾信心。

也谢谢大家对我的信任。

带着无尽的热忱，

比约恩·纳提科·林德布劳

感谢妈妈、艾玛、玛琳、维克多、约翰、约翰娜，尤其要感谢你，我亲爱的弗雷德里克！原因我不说你也懂。另外，我还要感谢马丁的坚持不懈，感谢英格马的不厌其烦，感谢纳维德对于一切都会水到渠成的笃定。还有千言万语，都尽在不言中。最后，也是最重要的，我要感谢比约恩给予我前所未有的信心和信任。一路走来，感谢你给予的一切，感谢你撼动了我的世界。

卡罗琳

谢谢你，比约恩，感谢你的智慧，感谢你的信任，在我有幸共事过的人之中，你是最与众不同的一个。卡罗琳，感谢你的坚定沉着、无与伦比的勤奋，以及对品质毫不妥协的洞察。感谢你，马丁、英格马，还有邦尼尔出版社的每一位同人。感谢你，林纳斯，感谢你功不可没的奉献以及无数小时的誊写、倾听和耐心。感谢你们，艾米、霍华德和阿迪亚珊蒂，感谢你们在这段旅程中的支持和鼓励。

纳维德

一切皆会过去

全书完